# 高の扉／戦までの真実

岬 陽子
Yoko Misaki

文芸社

# 目次

# 孤高の扉

「ああ、礼美《れみ》？　御多分に漏れずやっぱりお宅ね。そんな窮屈な小さな家に、よくじっと我慢していられるわね」

高校の同級生である焼栗《やきぐり》奈津《なつ》から、久し振りに電話が入ったのは、中秋、十月半ばのことだった。

礼美はその少し前、庭に出て、自慢の葉鶏頭の植え替えをしていたが、家の中から聞こえてくる電話のベルの音に慌てて中へ駆け込んだのだ。

「もう案内のほうは届いていると思うんだけど、年末恒例の同級会の件なんだけどね」

そういえば、今年ももうそんな時期が来たんだと礼美は頷いた。

焼栗奈津とは高校から短大卒業まで、同級生で友人の一人には違いなかった。

しかし今日のように電話口で最初から名前も告げずに本題をぶつけてくるのは、悪い癖だと礼美は常々思っている。気高さを誇りにしている奈津にしては不作法であると思うが、それを口に出すことは憚られた。

「一年はあっという間なのね。同級会なら葉書きは届いているわよ。奈津は今年も幹事だから出席を呼びかけているのね。ご苦労さま」

しかし礼美の意に反して、奈津の答えは意外であった。

「実はそのことなんだけどね。急用ができてしまって、今回は出席不可能になったのよ。その代わりに礼美には必ず出席してほしいの。私の代理として幹事を引き受けてもらいたいの。幹事はほかに七、八名はいるから、礼美は受付で名簿のチェックをするだけよ、関単でしょ？　後で私が電話を入れるから、事後報告だけしてくれればいいのよ」

突然の話で礼美は驚いた。

「エーッ、そうなの？　それじゃあ奈津は今年は欠席なのね？　でも私のほうもまだ出席できるかどうかは分からないわ、主人に相談してみないと。そうそう、そういえば昨年の同級会は楽しかったわね。あのとき九ヶ月の身重だった香代子《かよこ》も来てくれて、二次会にはカラオケで『高校三年生』か何かをみんなで歌いまくったじゃない。香代子が興奮して早産でもするんじゃないかと、おなかを擦ってやったり、心配したり、大騒ぎだったわよね。それなのに今年はもう来られないなんて。残念だしかわいそうね。あの三ヶ月後には、自分の家から近くの谷川に転落して死んでしまったんだよね。今でもまだ信じられないわ。葬式に出席したときのことを覚えている？　小学生以下三人の子供達に大泣きされながら、生後三ヶ月の男の赤ん坊を抱いた香代子の御主人は困り果ててオロオロしていたわよ。香代子もかわいそうだけど、御主人もお気の毒で見ていられなかったわ」

礼美の香代子に関する思い出話を、黙って静かに聞いていたはずの奈津が、電話口の向こうで突然甲高い声を張り上げた。

「今さらなんなのよ、グダグダと。香代子の話はもう済んだことよ。それより私の話を聞いてよ。家の主人のことなんだけど。私達二人の結婚十五周年記念のお祝いに、外国旅行に連れていってくれるそうなのよ。アメリカの五大湖とか、カナダのオーロラ、グランドキャニオンでは、綱渡りショーなども見学予定なのよ。せっかく誘ってくれる主人に申し訳ないので、今年は夫婦水入らずで楽しんでこようと思ってるの。礼美にはまさか、そんな計画はないでしょう？　とにかく今年は同級会どころではないので、あとのことはよろしくお願いするわ。忙しいのでこれで失礼、あっそうそう、イケメンの若いダンナ様によろしくね。オッホッホッホ」

　奈津は自分勝手な言い分だけ並べ終えると、礼美の話など聞かずに、さっさと電話を切ってしまった。

　礼美にしてみれば奈津の身勝手さは今に始まったことではない。しかし今日の話し振りはいつもと違い、なぜか嫌悪感が残った。

　以前から時々出かけるという、フランスやイタリアへのブランド品買い物ツアーならいざ知らず、あの特に寒がりだという奈津が、こんな時期にアメリカやカナダへの大自然見学に行くなど信じられない話であった。

　それに夫婦水入らずを、わざわざ強調しなくても、子供が一人もいないのだから当然のことなのだ。最後の意味ありげな含み笑いも感じが悪い。イケメンの若いダンナ様というのは、三歳年下の礼美の夫、沢井竜也のことだった。負けず嫌いの奈津は、口にこそ出さないが、再婚して二年目こそ過ぎてはいるが、礼美達夫婦の新婚生活をうらやんでいるのかもしれなかった。

もう十七年も遡るが、二十二歳のときに、礼美は奈津同様、見合いで結婚した。しかし考え方などの違いから、十二年後、三十四歳で離婚したのだった。前夫との離婚条件で、現在十六歳の息子の光と、十四歳の娘の菜穂は前夫の家に残してきた。しかしその後も子供達とは常に連絡を取り合い、仲の良い親子に変わりはなかった。

礼美は離婚後、地元の園芸店にパートで勤務することができ、安アパートを借りて一人暮らしをしていたが、縁あって沢井竜也と出会い、それから二年後に再婚したのだ。

竜也との再婚後、二人の子供達も新居に遊びにくるようになり、竜也との義理の父子関係もすこぶるうまくいっている。お互い、多少の気遣いは必要なようだが、こんな形のニューファミリーも結構楽しいものだ。礼美は目を細めて見守っている。

二人の新居は岡崎市北部の静かな田舎町にある。国道二四八号線を使えば竜也の物流関係の勤務先へも三十分で通勤することができた。草花や自然を愛する礼美のために竜也があちこち奔走してこの地を選び、新築したのだ。

家庭には六坪ほどの家庭菜園が造られており、礼美はそこで無農薬野菜や多種のハーブなどを育てて楽しんでいる。

これもまた過去の話であるが、製材業を営んでいた資産家の前夫は十歳年上で、昔気質の頑固者であった。経済面で口を出すことはなかったが、礼美が一人で外出することを嫌がり、子供が手を離れたあとでも、家に閉じ込もり、家事だけをするよう強要した。妻も自分の所有物の一つだと考えていたらしかったが、自分の意志も通せず、籠の鳥のように扱われて、礼美は我慢できず、暴力などがあったわけではなかったが、家を飛び出したあとで頼み込んで離婚してもらったのだ。自分の意志を殺して夫に仕えることが可能だったら、一生裕福に暮らすことはできただろうが、今のような自由で伸び伸びした生活はとても望めなかっただろう。

礼美は今となっても離婚したことを後悔していない。

奈津と礼美は地元のお嬢様短大を卒業後、一、二年後に、それぞれ競い合うように見合い結婚をして良家に嫁いだ。

奈津のほうは、やはり岡崎でも有名な資産家焼栗家に嫁ぎ、竜美ヶ丘の二百坪もある豪華な邸宅に住んでいる。地元でも一、二を争うセレブな家の奥様に収まったのだ。

一方、香代子や同じく仲のよかった梓《あずさ》は高校卒業後、二人とも数年間腰かけ勤務の後、職場恋愛の末嫁いでいる。今は亡き香代子は豊田市下山町の山村に、梓のほうは豊田市郊外で不動産業を営んでいる青年に嫁ぎ、仕事を手伝っている。従業員も数名はいるらしいが、礼美の家から二十分ほどの近場に店を構えていた。

奈津から電話のあった二、三日後に、その梓からも声がかかった。仕事で礼美の家の近くを通るというのだ。二人は二四八号線寄りのコーヒー店で待ち合わせることにした。

「礼美、こっちよ、こっち、遅かったわね。十分遅刻よ」

店の扉を開けて中に入ると、奥のテーブルから梓が手を振っている。ふっくらした顔立ちや体型であるが、屈託のない笑顔が人を和ませる。昔から誰からも好かれる、親しみやすい友人であった。

「礼美との約束時間より二十分も早く着いたのよ。十一時だったので、モーニングサービスを頼もうとしたら、このお店は十二時までオッケーなんですって。礼美も得しちゃったわよね。さあさあ、早く御注文をどうぞ。私は普通のブレンドにしたけど、何に致しますか?」

梓の目の前のテーブルには半切れのバター付きトーストとゆで玉子が手つかずのまま皿に載っている。礼美と一緒に食べるつもりだったらしい。

「ありがとう。私もホットでいいわよ。遅れてごめんなさい。梓はさすが時間には正確ね、感心するわ」

礼美の褒め言葉に気をよくしたらしく、梓はわざと大袈裟に頷いた。午後二時までには取引先に書類を届けるという。

「アラッ、そういえばもうすぐランチタイムよ。せっかくだから、このモーニングサービスにプラスして、サンドイッチを二人で一つ取りましょうよ。ブランチということにすれば昼食代は節約できるわよ」

突然の礼美の提案にも梓は気分よく賛成してくれた。

「ああ、それはリーズナブルね。礼美も私は気も合うけど、体型も揃ってポッチャリ美人だからね。ダイエットにはピッタリよね。アッハッハッハ」

礼美も明朗な梓に合わせて、ついキャッキャッと笑った。高校時代に遡ったようだった。礼美はふと、高校からの帰宅途中に、梓達とよく入った食べ物屋を思い出した。

おでんや焼きソバを食べながら、他の同級生や男子生徒の噂話などに花が咲いたものだ。礼美は特に気づかなかったが、香代子や梓は、奈津が医者の娘だからお高く止まっていて感じが悪い、などと言っていた。しかし、それもそこだけの話で、特に仲が悪くていがみ合っているというほど大袈裟なことでもなかった。

「一年は早いものね。あっという間に四十だものね」

しばらくは、お互いの家族の話題に集中していたが、そのうち礼美は先日奈津から頼まれた同級会の幹事の話を持ち出した。

「同級会の件なら、私は悪いけど今年は欠席させていただくわ。返信葉書も出したわよ。礼美にはまだ話していなかったけれど、三十日から元日まで、仕事が残っているのよ。日頃お世話になっている常連客の御夫婦三組を連れて伊豆へ旅行の予定なのよ。といっても伊豆の別荘地や空き別荘の斡旋を兼ねて、だけれどね。まあ、商売が目的ではあるけれど、伊東と下田に二泊三日の温泉旅行なのよ。お湯に浸かって初日の出を拝めるという、縁起の良いプランを考えてみたのよ。楽しそうでしょ？　新鮮なお魚料理も食べ放題なのよ」

「まあっ、不動産屋さんのお仕事も大変ね。でも梓は御主人のお手伝いをしてあげて、重宝がられてるでしょうね。温泉に入って初日の出も見られるなんて、良いお正月を迎えられるわね。うらやましいわ」

礼美は話を途中で切ると、小さなため息をついた。

「でもそうなると、同級会は、香代子もいないし、ほかに予定は入っていなくても、私はますます気が進まなくなるわ。奈津も二、三日前に電話してきたんだけど、今年は御主人と結婚十五周年のお祝いとかで、アメリカの五大湖、カナダのオーロラ、グランドキャニオンの綱渡りショーの見学旅行ですって。主人と仲よく水入らずで、なんて言っていたけど、それだからといって私に幹事を頼まれてもねー」

梓は最初は笑いながら礼美の話を聞いていたが、奈津の旅行の話になると急に不審そうな顔をして口を出した。

「奈津が私のほうに電話して来た日は、ちょうど欠席通知を送った日だったわ。でもそのときは、今年も幹事を引き継いだから出席してほしいと言ってきたのよ。その二、三日後に礼美に電話を入れたらしいけど、その間に急に旅行の予定が入ったというの？　おかしな話ね。第一グランドキャニオンの綱渡りショーなんて、こんな真冬にはやってないわよ。六月中旬の予定だと思うわ。うちも旅行代理店を兼ねているから以前一度奈津にそのような大自然ツアーの話をしたことがあるわ。でもそれより、韓国へのブランド品買い物ツアーのほうに興味があったみたいよ。急に御主人サイドから話が来たのかしら？　何しろ奈津は昔から変わり者で、おまけにいつもプライドという荷物を肩にしょって歩いているような見栄っ張りな人だったからね。本当に何を考えてるのかよく分からないわ。でも、そういえば同級生の女子の間で妙な噂が……」

梓は話の途中で、ふと口を閉じた。不安げな目でちらりと礼美の顔を見上げると、そのまま黙り込んだ。礼美は何か気になって、話の続きを聞こうとした。しかし梓は急に思いついたように、横に置いてあった営業用のバッグから携帯を取り出した。

「お世話になります。野々山不動産ですが、例の土地の仮売買契約書ですが、御都合が良ければ今からお持ちしたいのですが？　あっ、そうですか？　では十分ほどで伺いますので、よろしくお願いいたします」

梓は「ひとまず」などと言いながら、携帯の電話を切ってバッグにしまい込んだ。それからそわそわと腰を上げた。

「礼美、ごめん、先方さんがお待ち兼ねだからそろそろ失礼するわね。まあ、同級会の件は、奈津のことをあまり気にしないでもいいわよ。いくら友人だからといっても、礼美はお人好しで天然だからね。奈津にいいように利用されたり捌け口にされたりしてるんじゃないの？　何も遠慮せずに自分の意志で出欠を決めればいいのよ」

「そうよね。ありがとう、梓。あっ、待って、割り勘にしてね」

礼美は伝票を持ってさっさとレジに向かう梓を追いかけると、一緒にレジを済ませた。

「久し振りにゆっくり話ができて楽しかったわ。梓、仕事の途中だったのに引き止めて悪かったわね。気をつけていってらっしゃい。私も今からグリーンセンターにハーブの種を買いにいこうかと思って。バジル、レモンバーム、タイム、ミント、イタリアンパセリなど、香りはいいし料理にも使えるのよ。それにカモミールの花なんか白くて可愛いのよ」

梓は駐車場に停めてある会社のネーム入りの車に乗り込むところだったが、礼美の方を振り向いて、クックッと笑った。

「礼美は昔から園芸が大好きだったわよね。通信でガーデニングコーディネーターの資格も取得したんだってね。でもそのお陰で園芸店に勤めてイケメンの今のダーリンをゲットしたんだから、おまけに今では若奥様ならぬ若返り奥様に変身できたんだから超ラッキーだったわよね。なんといってもチャレンジ精神こそが若返りの秘訣よね。私も礼美にあやかれるように、商売頑張ってくるわね。それじゃあ行ってきます」

梓は茶目っ気たっぷりにウインクすると、窓から手を振りながら走り去っていった。

礼美は梓を見送った後、その足で二、三ヶ所の店にショッピングに行き、食料品などを買い足して午後四時には帰宅した。

洗濯物を取り入れ、買ってきた食料品を小分けして冷蔵庫に収めた。その後今晩の食事の献立にする鮭のムニエルや揚げ物の下ごしらえを始めた。夫の竜也は通常午後七時前後には帰宅予定なので、それまでにすぐ食事ができるよう仕度をしておくのだ。それが毎日の習慣になっているし、前夫のときには抵抗のあった専業主婦業を、竜也のためには楽しみながらこなしている。それが、主婦の務めと思えるようになったし、ほかには特になんの変化もないこの生活に、礼美は今充分満足していた。

　五年前離婚するときには、さすがに礼美の両親は反対した。礼美が自立して一人で生活できるとは思えなかっただろうし、親戚や近所にも体裁が悪かったのだろう。しかし礼美はその反対を押し切って、苦労してでも自立する道を選んだのだ。一人の女性として世間に認められ、自分の意志で行動したかったからだ。しかしその結果、梓の言うように、運よく竜也と巡り合い、そのお陰で、やっとこの安息の家に辿り着くことができたのだ。

　この家には特別な財産はないし、部屋も小さくて狭い。しかしそれ以上に、素晴らしい宝が満ちあふれている。それは礼美と竜也が奏でる平和で幸せな愛の調べであった。

　それ以上に、礼美を女性としてまた人間的にも尊重してくれている竜也の何事にも寛大な性格が礼美をしっかり支えてくれていた。


　それから数日後のことだった。礼美は午後から裏の菜園に出て、草むしりなどの作業をしていた。すると突然家の玄関のほうから激しいクラクションの音が聞こえてきた。

「うるさいわね。近所迷惑だわ。いったい誰が来たのかしら？」

　礼美が首を伸ばして玄関を覗き込むのと、ブルーの外車からドアを勢いよく開けて、奈津が降り立つのが同時だった。

「あらっ、礼美、やっぱり畑にいたのね。何度も電話したのよ。家にも携帯にも。出てくれないからイライラして、遠方からわざわざ飛んできたのよ。ちょっと話がしたくてね。

畑にいるんじゃないかと思って、クラクションを鳴らしてみたんだけど正解ね。想像どおりだわ。よかった」

奈津は菜園の中にこちらを見てそのまま座り込んでいる礼美の姿を目ざとく見つけた。声をかけながら裏手までやってくると、菜園の中までずんずん入り込んでくるではないか。

「まあっ、奈津、いらっしゃい。そんなに何度も電話してくれたの？　気づかなくてごめんなさい。でもちょっと足元を見てくれる？　そんな高級ブランドの靴で入ったら土で汚れてしまうわ。それに昨日蒔いたばかりのハーブの種を踏んづけているわよ」

奈津は、目を丸くして驚いている礼美に注意されると、やっと気づいたらしく、後ずさりして、慌てて菜園の外に出た。

後ろ手に持っていた長四角の箱を、自分の目の前に吊るすようにしてブラブラさせた。

「こんな靴は何十足もあるから心配しないで。それより見て、礼美と一緒に食べようと思って買ってきたのよ。岡崎一有名な店の高級ケーキよ。十個も買ってきたんだから、早く中に入りましょうよ。こんなところにいると寒くて凍え死ぬわ」

礼美はまだ作業の途中だったが、遠方から来てくれた奈津に、迷惑そうな顔もできなかった。

「まあっ、それは御親切にありがとう。じゃあせっかくだから中に入ってお茶にしましょうか？　でもそんなにたくさんケーキは食べられないわよ。先日梓とも話したんだけど、最近太り過ぎだからダイエットしてるのよ」

気のせいか、ダイエットと聞いて、奈津は一瞬眉をひそめたようだった。

「ホホホッ、それはお気の毒さま。礼美と違って私はいくら食べても太らない性質なのよ。礼美の分まで食べてあげるから御心配なく」

そう言うと、奈津は、礼美に案内されるまでもなく、勝手に玄関からリビングに上がり込んだ。勝手知ったる我が家と言わんばかりだった。

その後、礼美はハーブティーを淹れると、ケーキ皿やフォークを用意してリビングに持っていったのだが、そのときの奈津の様子を見て驚いた。

「アラッ、奈津凄いわね。もう二個も食べてしまったの？　大丈夫？　そんなに急に食べて気持ち悪くならない？」

礼美がリビングに入ったとき、奈津はちょうど三個目に手を伸ばしていた。まるで欠食児童のようだ。

（昼食を食べてこなかったのだろうか？）

礼美は、普段優雅さや慎ましさを自慢している奈津にしては、何か異様な行動を盗み見た気がした。

「いいから、礼美も遠慮せずに食べていいのよ。何かおいしくて涙が出てきたわ。おかしいわね。それにしても、いつ来ても狭苦しい家ね。一階に三部屋、二階に二部屋しかないのね。家は寝室だけでも五部屋もあるのよ。お手伝いさんが来てくれるから助かるけど、そういえばここは礼美が一人で掃除するんだから、狭いほうが楽でいいわよね。オッホッホッホ」

　奈津は礼美の運んできたハーブティーのカップを手に取ると二、三口喉に流し込んだ。少しホッとしたらしくこちらを振り向いたが、礼美は改めてその顔を真正面から見てギョッとした。

　普段からの厚化粧はそのままであったが、頬はゲッソリこけて、目の下には隈ができている。まるで十歳も老けたように見えた。おまけに、顔中に苦しそうな疲労感があふれている。

「奈津、何か話があるって？　どうしたの？　よっぽど疲れているのね。ハーブティーは神経を落ち着かせるわよ。もう一杯どう？」

　いつもならすぐに本題に入るはずの奈津が、珍しくためらいながら話し始めた。

「高三のとき同級生だった角田良二《すみたりょうじ》を知っているでしょう？　昨年から私と一緒に幹事を引き受けているんだけど。私は今年は欠席すると礼美にも電話で話したでしょ？　ところが良二も都合があって今回欠席すると言ってきたのよ」

　やはり、また同級会の話だったのかと、礼美は内心うんざりした。

　しかし角田良二という男子生徒については、昨年幹事を務めていたこともあり、よく覚えていた。今でもそうなのだが、彼は背高ノッポのヒョロヒョロした男で、その男のどこが気に入ったのか、高三の終わり頃に奈津のほうから熱を上げて言い寄ったらしい。

しかし今頃になって、その名前が奈津の口から飛び出るとは思ってもみなかった。

「良二は私が結婚した後、ずっと独身を通していたのよ。今まで私の愚痴話を聞いてくれたり、相談相手になってくれていたのよ。陰で支えてくれていたの。

良二は、会社帰りに寄る馴染みの和食料理店を時々手伝っていたらしいんだけど、その腕と才能を見込んだ店主の薦めで、二番目の娘と結婚することになったから、同級会は欠席するって言うの。今年の暮れから二人で一週間ぐらいタイへ、日本料理店出店のための下見に行くそうなのよ。

良二は家庭的な性格で以前から料理が得意だったのよ。それは私もよく知っていたわ。夜九時からの『クッキングパパ』なんていうケーブルテレビのアニメをよく見ていると言っていたし。だけどまさか今頃になって結婚するなんて、タイになんて行っちゃったらもう二度と会えなくなるかもしれないのよ、私はいったいどうしたらいいの？　つらくてとても家にじっとしてなんかいられなかったのよ」

奈津はそこまで喋ると、喉が渇いたのか、目の前の冷えたハーブティーを一気に飲み干した。

礼美は浮かない様子の奈津の顔を横に見ながら、高校生時代の奈津と角田の幻影を追った。

二人は、交際するようになってからは毎日のように、夕方の学校帰りにバス停までの小道を肩を寄せ合って歩いていた。

校舎の裏で手持ち無沙汰に奈津を待っている角田を見かけたことがあった。その頃からお調子者だった梓の思いつきで、香代子と三人でわざと冷やかしてやったこともあり、熱々の二人は卒業後、すぐにゴールインするんじゃないかとよく噂していたものだった。

「奈津にそう言われても、何と言っていいのか分からないわ。でも奈津は今はセレブな家の奥様なんだし。角田君の結婚を祝って、見送ってあげたほうがいいんじゃない？　昔と今は立場が違うんだし、お互い良い友人のままでいてあげたら？」

礼美は目の前の奈津の様子を見るとかわいそうな気もしたが、今さらほかに答えようがなかった。しかし、そんないかにも優等生らしい返事を奈津が気に入るはずもなかった。不満そうに礼美を睨み返してくる。

「今だから礼美だけには話すけど、私は本当は良二と結婚したかったのよ。でも、私も私の実家の一流のプライドも、それを許さなかった。父は地元でも評判の一流の開業医なのよ。父も母もそれぞれ離婚した後、母は私を連れて後妻に入ったそうなの。けれど母の実家だって由緒ある華族の家系なの。母も美人で有名だった。礼美も覚えてるでしょ？　以前一緒に、名古屋の映画館に洋画を観にいったことがあるでしょ？　そのときイギリスのエリザベス一世を演じたヘレン・ミレンにそっくりなのよ。凄いでしょ？」

そういえば短大生時代に、奈津に誘われて二、三度映画を観にいったことがあった。確かそのうちの一つは、一生独身を通したイギリスの女王様の話だった。なるほど、奈津もその母親似で鼻筋が通り、色白の美人であった。

「両親は、私をどこから見ても一流の家に嫁がせたいと思っているのに、娘の私がそれを無視することはできなかったのよ。貧乏な家の次男で高卒、いくら性格が温和で優しいといっても、両親にうだつの上がらない良二を紹介することなどできなかった。いくら私が良二を好きでも結婚することはできなかったのよ。でも、だからといって、こんなときになってまさか遠くへ行ってしまうなんて」

奈津はブランドのバッグから、フリルのついた高級そうなハンカチを取り出すと目頭を押さえた。

しかし〝こんなときになって〟とはどういうことなのだろうか、同級会を意味するのだろうか？

奈津は未練がましく角田の話をグダグダと繰り返したが、礼美は昔から同様に奈津の聞き役だった。奈津の意志に逆らわず、余分な口出しはせずに黙って聞いていれば、自然に奈津の気持ちは収まるのだ。奈津は時々偉そうに価値観という言葉をプライドの象徴のように振りかざす。自分を飾り立てるブランド品の一つと勘違いしているのではないかと礼美は思うが、奈津は、自分に柔順な礼美とは価値観が同じであると勝手に思い込んでいるらしかった。

「ああ、しまった。三時にエステの予約が入っているのを忘れていたわ。ここんところ行く暇がなくてキャンセルしていたのよ。少し気分がよくなったから今から行ってくるわ。どうもお邪魔さま。とにかく同級会の件はお願いよ。必ず出席してね」

奈津は喋りまくった後、少しは落ち着いた様子で帰っていったが、同級会への出席だけは念押しすることを忘れなかった。

その日の奈津の来訪は、礼美にとって、台風が突然やってきてしこたま暴れて通り過ぎていったようなものだった。特に、その置き土産である残りの七個のケーキの処置に困ってしまった。

テーブルの上の片づけをしながら、そのうち二個は自分と竜也用に冷蔵庫に入れた。残り五個については思案した結果、前夫の家に持っていって、光や菜穂に食べさせてあげようと思った。前夫はともかく姑も甘いものには目がないはずだった。礼美は竜也にこのことは内緒にしておこうと決め、善は急げと思って出かける用意をした。ケーキの箱を小脇に抱えるようにして車に乗り込んだ。片道三十分ほどの山道をクネクネと登っていくのだ。アスファルト細道から石ころ道を通り抜けると、竜山寺近くにある前夫の家が見えてくる。

山の中腹に古い総檜造りの家が高々と聳《そび》えている。その威厳のある構えは嫌でも人目を引く。改めて見直してみても、前夫のイメージそのもののしゃちこばった家だ。

「アレッ？　誰かと思ったら礼美さんやないの？　久し振りやの、少し太ったようだけど元気にしとった？　今、誰もおらんよって、いいから中へ入りんしゃい」

ちょうど、家の近くの畑から帰ってきたらしく、姑が玄関横のくぐり戸から顔を出した。悪びれずサッパリした性格の姑には、いろいろ親切にしてもらい、世話にもなった。その優し気な笑顔を見て、礼美は胸が熱くなった。

だが、前夫の手前、図々しく家の中に入り込むことは憚られた。

「お元気で何よりです。通りすがりなんですが、ちょっともらい物を召し上がってもらえませんか？　光や菜穂と一緒にどうぞ。私は忙しいのでこれで失礼しますが……」

「アラ、そう？　それはどうも、二人とも元気で勉強を頑張っているよって、おやつに食べさせるわ。ごちそうさん」

礼美は姑の返事を聞きホッとした。受け取ってもらえなければ、捨ててしまうことも考えていたくらいだった。

帰り道は下り坂で、大仕事も一つ片づいたような気分で軽快に運転することができた。道すがら、ケーキを食べている光や菜穂のうれしそうな顔を思い浮かべて楽しかったが、それにしても、この喜びを与えてくれた奈津の、今日の異常に疲れ切った様子が気になった。礼美のようにケーキを食べさせる子供が一人でもいれば、今さら角田にあれほど執着することもなかったのではないかと思えた。

四時少し前には家に帰り着くことができた。

玄関に走り込むと同時に携帯の着信音が鳴った。竜也からだった。

「礼美、僕だけど今いい？　ちょっと急に残業が入ってしまって帰りが遅くなるかもしれない。外食するから一人で晩御飯食べてくれる？　先に寝ていてくれていいからね」

　礼美は夕食の仕度に間に合うように急いで帰宅したので少し拍子抜けした。

「えぇーっ、残業って、そんなに急になの？　でもまあ、今年も終盤に近づいてるから忙しいわよね。お仕事ご苦労さま、帰り道に浮気などしないで真っすぐ帰ってね」

（今日はなんだか、奈津のことといい、慌ただしい一日だったわ。食事も一人分でいいのなら手抜きしてしまおう。残りご飯でチャーハンにでもしよう）

　こんなことなら急いで帰ることもなかった。などと竜也が恨めしかったが、それはそれで久し振りに一人で食事をしながらのんびりテレビを見ることができた。

　九時からのサスペンスドラマを見ながら竜也の帰りを待っていたが十一時を過ぎても帰ってこない。

　炬燵に入ったままウトウトと居眠りをしていたが、十二時近くになってやっと帰宅した。

「アラッ、お帰りなさい。遅かったわね。すぐにお風呂を沸かすわ」

　礼美は寝惚け眼を擦りながら起き上がった。

「ああ、いいよいいよ。独身時代はなんでも一人でやっていたんだから、大丈夫。礼美は朝が早いんだから先に寝たほうがいいよ」

　などと言いながら竜也はさっさと着替えをしている。

「そう？　じゃ、お風呂の湯を出しておくから自分で止めてね。パジャマと下着は脱衣室に用意してあるから」

　礼美が大欠伸をしながら二階への階段を上がろうとしたときだった。

「あっ、ちょっ、ちょっと待って。その前に少しだけ聞きたいことがあるんだけど」

　しかし立ち止まったその直後、礼美は竜也の話を聞いて急に目を見開いて驚くことになった。

「礼美の同級生の焼栗奈津さんって、竜美ヶ丘に住んでいるって言っていたね。もしかしたら御主人は優一さんっていう名前じゃないの？」

　突然、聞き覚えのある名前が竜也の口から飛び出したのだ。

「えっ？　今焼栗奈津って言ったの？　どうして？　優一さんって、たしかそんな名前だとは思ったけれど、竜也の仕事と何か関係があるの？」

　礼美は目を白黒させて聞き返した。

「うん、やっぱりそうか。実は今日の残業の原因は、その焼栗優一さんなんだよ。焼栗さんに呼び出されて、常務と二人でマンションを訪ねてったんだよ」

「へーッ、そうだったの？　それなら人違いよ。奈津の家は竜美ヶ丘だけれど戸建ての豪邸よ。同姓同名の他人ってこともあるわ」

「我が社のネット通販部を利用している製薬会社が二、三あるんだ。焼栗さんの奥さんはそのうちの一つからダイエットサプリを注文して、半年ほど服用していたらしいんだけど、二、三日前に原因不明の症状で死亡されたんだよ。警察の鑑識が来て調査中らしいけど、不審に思った夫の優一さんがサプリの製造元の製薬会社に問い合わせしたところ、その会社は半年前に倒産して消滅していたんだと。ほかに原因が見当たらないことから、焼栗さんもそのままでは気持ちの収まりがつかず、紹介した我が社に事情を聞きたいと言ってきたんだよ。サプリの分析結果次第では、会社の信用問題にもかかわってくるので放ってもおけず、急いで行ってきたというわけさ」

「事情はよく分かったわ。でもその亡くなった奥さんは奈津じゃないわよ。もともと痩せギスでダイエットサプリなんか飲んでいないと思うわ。亡くなっているなら今日家に来れないし、持ってきてくれたケーキをペロリと三個も平らげたのよ」

礼美は竜也の話を聞いているうちに眠気も覚めてきて、半ばむきになって答えた。

しかし竜也は静かに頷いて話を続けた。

「マンションに行って、よく話を聞いてみると、地元でも有名な一流企業の社長、焼栗優一さんだと分かった。よっぽど奥さんを愛していたんだね。ショックを受けての行動だと思うけど、挨拶もそこそこに最初から喧嘩腰でかかってこられて困ってしまったよ。立派な社長さんなので、こちらも平謝りで対処するしかなかったんだ」

竜也はそこでいったん話を止めると、浴室に入って、礼美が出してくれたお湯の蛇口を閉めた。お湯はちょうど浴槽からあふれ出るところだった。竜也は冷静に話を続けた。

「実はその奥さんのことなんだけど、よく確かめてみたら亡くなったのは奥さんではなくて二号さん、つまり愛人だったんだよ。僕は、まさかその場で奥さんの名を聞くとか、自分がその奥さんの友人の夫かもしれない、などと言える立場でもなかったので、余計なことかもしれないけど礼美に聞いてみたんだ」

　礼美は、一瞬足が竦んだが、その場で気を取り直して反論してみた。

「奈津はここに来たとき、御主人と水入らずで海外旅行に行くと言っていたわ。仲が良さそうだったし、とても御主人に愛人がいたなんて信じられない。同級会は欠席するとは言っていたけど、そんな話は何一つ聞いていないわ。やっぱり何かの間違いじゃないの？」

「まあまあ、礼美さん、いくら友達のことだからといってそんなに興奮しないで。とにかく亡くなったのが奈津さんじゃなかっただけでもよかったじゃない。ただ、焼栗さんの言うには、自分自身も、自分と不仲だった妻まで被疑者の一人として警察で任意の事情聴取を受けさせられているので、これも迷惑な話だ、って。とにかく真相がまだ分からないうちは、こちらも騒いでも仕方がないんだから、さあ、今日はもう遅いから、寝た寝た。二階へ行っておやすみなさい」

　竜也は切りのいいところで話をやめると、そのまま礼美をその場に残して浴室へ入ってしまった。三歳年下といっても竜也のほうが礼美よりよほど落ち着いている。

　時計を見上げてみると、もう既に今日が明日になってしまっている。礼美はもう少し詳しく竜也から話を聞きたいと思ったが、諦めて二階の寝室に上がっていった。

朝になり、グッスリ寝込んでしまっていた礼美は、一階から聞こえてくる竜也の声で目が覚めた。

「礼美さん、おはよう！　冷蔵庫の中のケーキ、パンの代わりに一ついただいたけどいいねー？」

狭い家はそれなりに便利だと竜也は言っている。どこにいても声が相手に届くが、広いお屋敷だとこうはいかない。

礼美は慌てて起き上がり、身仕度を整えてキッチンに入った。

「しまった！　つい寝坊してしまってごめんなさい。そのケーキどうぞ。奈津が持ってきてくれたのよ。でも野菜サラダも忘れずに食べてね。今、急いで濃いコーヒー淹れますからね」

「うん、ありがとう。このケーキ、甘過ぎないし、なかなかいけるよ。そうか、奈津さんの土産なのか。それにしても、のんびりここへ遊びに来れるくらいなら、やはり人違いだったのかな？　それはともかく二、三日中にはサプリの分析結果が出るそうだから、何か分かったら会社から電話を入れるよ。礼美もあんまり心配しないで。小じわが増えて美人が台無しになるよ」

竜也は礼美を気遣ってくれているが、自分はよく眠れたのだろうか？　そんな礼美の心配をよそに、竜也は礼美に見送られて通常どおり元気に出勤していった。

ＩＴ関連の竜也の仕事については、礼美はよく理解できていない。もともと機械には弱いので仕方がないが、時代の先端をいくこの分野にも、こんな落とし穴があるのだ、と落ち着かなかった。

　外に出て洗濯物を干していると、曇り空から晴れ間が広がってきた。蒲団を干してしまおうと、二階へ上がりかけたときだった。礼美の後を追いかけるようにリビングから電話の着信音が響いてきた。

「沢井礼美さん？　旧姓谷口礼美さんのお宅ですか？　僕誰だか分かりますか？」

　最近しつこい営業や、手の込んだオレオレ詐欺なども流行っている。礼美は受話器を持ったまま返事ができないでいた。

「アッ、どうも失礼しました。突然で驚かれたと思いますが、角田君から今年の同級会の幹事を頼まれた、高校の同級生の榎《えのき》です。お久し振りです」

「榎さん？　ああ、そういえば、角田君のお友達だった方ですか？　昨年の同級会では見かけませんでしたが」

　背が低く小太りで眼鏡をかけていた榎は、角田と並ぶと対象的だった。眼鏡ブタなどとも言われていたが、角田と一緒のときは、凸凹コンビなどと奈津は陰口をたたいていた。

「はいっ、その榎です。覚えていていただき光栄です。今回、三年振りの同級会に無理矢理引っ張り出されまして。その上、幹事を押しつけられたんですよ。仕方なく引き受けはしたものの、男子はともかく女子の出席率が昨年の半分以下になりそうです。妙な噂が立っているせいもあるんですが、困ったものですよ」

「新幹事さん、ご苦労さまです。よろしくお願いします。でも妙な噂ってなんのことですか?」

礼美は角田については奈津から聞いていたので別に気にしなかったが、妙な噂などと言われると訊いてみたくなった。

「なーに、単なる噂ですよ。ほらっ、今年三月に谷川に転落して亡くなった山本香代子さん、旧姓中野さん、知っているでしょう? 昨年から同級会の幹事を引き受けていた焼栗奈津さんが、香代子さんから四番目に生まれた男の赤ん坊を養子にもらう約束をしていたんだそうです。ところがいざ生まれてみたら断られて、その腹いせに谷川に突き落としたのではないかというのです。最近その噂を知った奈津さんが、その噂のもとと思われる数人の女子と言い争いになり、奈津さんは怒って同級会を欠席にしたんですよ。幹事が一人ぐらい減ってもなんとかなりますが、自分が無関係ならばそれほど怒ることもないでしょうにね。

ああ、うっかりしていました。そういえば礼美さんは奈津さんとは短大も一緒でお友達だったんですよね。久し振りにお話ができたものですから、つい喋り過ぎてしまいました。あまり気にしないで、とにかく出席のほうをよろしくお願いします。失礼します」

榎は、礼美が香代子や奈津とは親しい間柄だと気づくと、慌てて電話を切ってしまった。

礼美はそのような噂は全く知らなかったし、奈津を疑ったこともない。しかし一週間前に梓とブランチしたときに、妙な噂がある、などと言いながら梓が言葉を濁したことを思い出した。

梓はこの噂を知っていたに違いない。奈津が電話で、わざわざ事後報告してほしい、などと言うのもおかしな話であった。

それに重なるように、昨夜知った焼栗優一の愛人死亡事件についても、奈津には無関係だろうとは思いながらも、何か割り切れず、ますます気分が重くなった。それでも自分は同級会に出席すべきなのか？　竜也が帰宅したら相談してみようと思った。

午後二時過ぎになって、その竜也からも電話があった。

「礼美？　僕だけど、今、ちょっと話せる？　例のダイエットサプリの件なんだけどね。担当の刑事から連絡があって、鑑識の結果が出たそうだよ。聞くところによるとサプリそのものの成分には有害なものは見当たらず、妊婦が服用しても差し障りはない建康維持サプリだったらしい。

実は、昨夜優一さんは何も言わなかったけれど、愛人は妊娠三ヶ月になっていたらしいんだよ。僕も刑事から聞いて初めて知ったんだけどね。まあ、とにかく製薬会社への疑いは晴れたし、我が社へのとばっちりの疑いも消えたわけだ。常務と二人で喜んでいるところだよ。だけど問題は誰かが外からサプリに毒物を混入していた可能性があるということらしいよ。

当の御本人は亡くなっていて、直接事情は聞けないが、とにかく我が社は責任追求だけはまぬがれられたんだ。無事解決できてよかったよ。心配かけてごめん、早く安心させよ

う と思ってね」

「まあっ、そうだったの、よかったわね。それじゃあ和解金も支払わなくて済むのね？」

礼美は、今朝、サプリの分析結果次第では金銭的な話し合いになりそうだと竜也が言っていたことを思い出したのだ。万が一、奈津の夫がその焼栗優一さんだったのなら、竜也も礼美の手前、お互い話し合いなどに気を遣って、人間関係も大変になるところだった。

「もちろんだよ。あの焼栗社長も僕達を怒鳴りつけて、焼栗だけにパチパチ弾け飛んだことを後悔して謝っていたそうだ。刑事からの話だけどね。めでたし、めでたし。今夜は早く帰るからおいしいものお願いね。じゃあまだ仕事中だから後でね」

竜也が電話を切った後、礼美はホッとして胸を撫で下ろした。竜也の明るい声を聞いて、しばらく外へ飛び立っていた幸せの青い鳥が無事舞い戻ったような気分だった。

夕食前には通常どおり、買い物にいき、竜也の好物のキムチ鍋やフライ、里芋の煮っ転がしなどのほか、二、三、酒のつまみを用意して苦労を労った。しかしその夜、酒を呷って上機嫌で騒いでいる夫を前にして、礼美は榎から今日電話のあった同級会の話はとうとう言い出しそびれてしまった。


やがて師走の風が吹き抜けるようになり、寒さも次第に厳しくなってきた。

礼美は家の内外の植物の防寒対策を始めた。玄関先や土間にはアロエ、クワズイモ、デンドロビューム、君子蘭など、祝いの品とか土産としてのもらいものなどが所狭しと並べてあった。それらを少しずつ、二階のベランダに作り付けた温室に運び込んだ。たたみ半畳くらいの広さで二段になっていたが、竜也に手伝ってもらって完成したばかりだ。蒲団を干すのに邪魔にならず、日当たり抜群、防風も考え、素人の手作りとはいえうまくこしらえてある。

　玄関前の十坪ほどの庭には、特別防寒する植物はなかったが、隈っこに南国育ちのザボンの木が一本、やっと五、六十センチに育っている。新築後に植えたのでまだ二年目だ。花だけは一つ二つ咲いても結実したことがない。来年あたりには一つぐらい巨大な実が生り、口に入れることができるのではないかと礼美は楽しみにしている。木の周囲に太めの竹串で柵を作り、厚手のビニール袋を被せた。細紐でしっかり結わえて風に飛ばされないようにし、立派な霜除けが完成した。

　そうこうしながらも特別変わりない毎日が過ぎていった。クリスマスシーズンがやってきたのはその後だった。

　礼美は昨年のクリスマスには光と菜穂に手編みの手袋をプレゼントして喜ばれた。喜ばれたことに味を占め、今年は竜也にマフラーを編んであげようと思いついたのである。買い物にいったついでに毛糸玉を何種類か選んで帰宅した。暖色の赤と黒を組み合わせ、本格的に編み始めようと思っていた矢先のことだった。

「こんにちは。梓ですけど、その後どう？　元気にしてる？」

　棚卸しなどで多忙なはずの梓から突然電話がかかってきた。

「今日電話したのは、ほかでもない、先日話した別荘見学、伊豆旅行のことなんだけど、三組の御夫婦のうち一組が都合でキャンセルされたのよ。それで思い出して電話してみたの。

礼美、凄く羨ましがっていたでしょう？　まだ同級会出席の返事を出してないのなら、代わりに参加してみないかと思ったのよ。

二泊の予定になってはいるけど、そのうち伊東での一泊だけでも大丈夫よ。ホテル代も格安サービスだし、こんなチャンスは二度と来ないわよ。行き帰りは玄関横付けで私が送迎してあげるしね」

「エーッ、格安料金の上、わざわざ家まで送迎してくれるの？　本当にそこまで甘えていいのかしら？　実はまだ同級会の件は返事してないのよ。榎さんからも電話があったんだけど、いろいろ考えてると出席する気分になれないのよ」

「そうだと思ったわ。榎君から奈津の噂についても聞いたんでしょう？　いくら礼美がお人好しで義理固いといっても、そこまで奈津に尽くすことはないわ。本人は御主人とさっさと外国旅行にいくんでしょう？　同級会は来年もあるけれど、今回の旅行は来年ノーモアチャンスなのよ。一回っきり。同級会は来年私も奈津も一緒に出席すればいいんだから、今回だけはこちらに付き合ってよ。

そうそう、新婚さんのお邪魔虫だけは遠慮するから大丈夫よ。アッハッハッハ」

梓の屈託のない笑い声が間近に響いてくる。

「そういわれれば同級会は毎年あるんだし、今回私一人で出席することはないわよね。梓もせっかく誘ってくれてるんだし、そちらのほうがずっと楽しそうだわ。主人が帰ってきたら相談してみるわね。でも別荘のほうは本当に見学だけでいいの？　家は余裕もないし、買うことはできないわよ」

「それは全然平気よ。高い買い物だもの、右から左に簡単に売れるとは思っていないわ。掘り出し物などもあるし、口コミにもなるわ。将来の参考にと思ってもらってもいいしね。とにかく参加して説明を聞いてもらえばお客様サービスになるのよ」

　梓の用件は仕事絡みのものであったが、奈津のことでややこしくなっている同級会に出席するよりは楽しそうであった。

　礼美は竜也の帰宅を待って、それとなく伊豆旅行について話してみた。

「うーん、そうだね。会社の忘年会も最終が二十八日だから、三十日までに礼美が大掃除少し早めにやっといてくれれば、不可能じゃないよ。二日に年始回りに行くから僕のほうは大丈夫だけど、そういえば、礼美は毎年三十一日の昼には高校の同級会があったんじゃないの？　出席しなくていいの？」

　礼美のほうは同級会のことは竜也に言い出せないままになっていたが、竜也はしっかり記憶に止めていたのだ。

「ああ、そのことね。竜也はさすがに記憶力いいのね。話しそびれていたんだけど、今年は私の友達はみんな都合が悪くて欠席なのよ。せんだって話したけど、奈津も御主人と結婚十五周年ツアーに行くと言っていたわ。来年には奈津も行けると思うし、私も梓もみんな一緒に出席することにしたのよ。御心配なく。

　梓の話では、今回の別荘見学ツアーは旅行を兼ねていて、お客様サービスの一環なんですって。買わなくても参加するだけでいいって言ってくれたわ。

　梓の御主人が先に二組の御夫婦を連れて、先に下田で一泊するので、私達は三十一日の朝、九時に梓の運転する車に乗って、後から別荘地で合流するんですって。その夜は伊東に泊まるそうよ。晴れていれば元旦の初日の出も拝めるかもしれない。梓のお付き合いも、たまには二人旅より面白いと思うよ。来年はノーチャンス、チャンスを逃していたら私達も結婚できなかったわよね」

　礼美はここぞとばかり竜也にチラリと流し目を送った。年上女房のお色気作戦である。

「いやー、参ったな、礼美がそれほど行きたいなら、お言葉に甘えて一泊旅行兼見学会に出かけましょうか。でもあくまで参考にさせてもらうだけだからよく念押ししておいてね。まあ、奈津さんも御主人と外国ツアーに行くくらいなら例のサプリの事件とは無関係なのかもね。一件落着を祝って、伊豆の温泉に浸かって、一年間の汗と汚れを落とすことにしますか」

　礼美は作戦どおり無事竜也の了解を得ることができた。ホッとした礼美は翌朝竜也を送り出した後、榎に欠席の電話連絡をした。榎も半ば諦めていたらしく、意外とスンナリ引き下がってくれた。その後すぐ梓にも旅行参加の意志を伝えたが、礼美は今になってやっと気になっていた厄介な同級会から逃れられたと思い、一息吐いたのである。

やがて楽しみにしていたクリスマスがやってきた。礼美は光と菜穂を連れ出して町へ買い物に出かけた。

「わーっ、こんな素敵な赤いダウンジャケット、前から欲しかったのよ。お兄ちゃんもカッコイイー、よく似合っているわ。お母さんありがとう」

「菜穂よかったね。お母さんありがとう。でもこんなに大奮発したら高いクリスマスプレゼントになってしまうよ。去年の手袋とは大違いだね。お母さん大丈夫なの？」

ちょっと見ない間に二人とも大人びて、光は菜穂に兄貴風を吹かせている。

「気に入ってくれてよかったわ。お母さんも頑張っているし、竜也さんの冬のボーナスも一割増しになったのよ。了解済みだから気にしなくていいのよ」

竜也にマフラーを編んでいることは二人には言わずに指でVサインを作り、笑顔で取りなした。夕方まで家で遊ばせてから、注文しておいたクリスマスケーキを持たせて、家に送っていった。忙しい一日だったが、夜になって竜也が帰宅すると、礼美が腕を揮って焼いたローストチキンを肴に、二人してワインで乾杯した。

「はいっ、竜也のクリスマスプレゼント、やっと完成したわよ。旅行用に少しカラフルに編んでみたの、どう？　気に入ってくれるといいんだけど」

「エーッ、凄い、凄い、本当に礼美が編んでくれたの？　体も心もポカポカになるね。

よーし、お返しにブランドの洋服かなんかプレゼントするよ、ありがとう」

竜也はふざけて、マフラーを自分と礼美二人の首にグルグル巻きつけて首をわざとギュッと締めて喜んだりしている。よほどうれしかったのだろう。

窓の外をふと覗いてみると、チラチラとボタン雪が舞い降り始めた。

（神様、キリスト様、今年も素敵なクリスマスをありがとう）

礼美は、離れて暮らしている二人の子供達、礼美と竜也の両親、周囲の縁ある人々がこれからも一緒に、元気で幸せに暮らせますように、と竜也とともに心から静かに祈った。


そうこうしているうちに、やがて大晦日が近づいてきた。礼美は大掃除などに忙しく、独楽鼠のように働き始めた。正月用品などの買い物、おせちの準備、それに加えて今年は伊豆旅行の用意もしなければならなかった。風邪を引く間もなくバタバタしているとついに旅行の前日である三十日がやってきた。大方の仕事は無事終了し、最後に竜也に頼んで玄関の鴨居に注連縄《しめなわ》をくくりつけてもらった。

「さあ、これで準備完了よ。安心して旅行にいけるわ。竜也さんご苦労さまでした。明日が楽しみね。竜也の買ってくれたラム皮のコートにピンクのセーターを着ていくわ。これで五歳は若返って見えるでしょ？」

礼美はちょっとおどけてみせた。竜也はそれを見て鼻で笑っている。

「見えます。見えます。でも僕より若い男に『お嬢さん、お茶しましょう』なんて言われて喜んでついていったはいいが、あとで迷子にならないでよ。一応周辺の道路地図ぐらいは持っていく？」

「またまた、調子いいんだから。でも私の編んだマフラーもそんなときは迷子の目印になるからしっかり巻いていってね」

などと言って二人ではしゃいでいたが、礼美はそのときになってふと思い出したことがあった。

これも二十年近く前の話であるが、礼美は昔奈津と一緒に、短大の同級生だった水穂の嫁ぎ先の伊豆の高級別荘に招かれた。偶然なことに、梓が案内すると言っていた天城トンネル付近にある別荘だった。

「あっ、ここよ、ここ。水穂が言っていたようにあの林の中に洋館が見えるわ。さすがに名古屋有数の貿易会社社長の所有物だけのことはあるわ。大きくて立派だこと」

奈津は豪奢な別荘を見上げて羨ましそうにため息を吐いた。招待してくれた水穂がお洒落をして駐車場まで出迎えてくれていた。

水穂は、同じお嬢様でも気の強い奈津とは違って、素直で控えめな美人で、短大の学長に特に気に入られていた。その学長の紹介で、貿易会社社長の御曹司と見合いをして、卒業後すぐに結婚したのだった。文系のクラスでは結婚一番乗りであり、同時にいちばんの出世頭だったといえる。

礼美と奈津は別荘の中に足を踏み入れるや内装や調度品の豪華さに目が眩んだ。しかし当の水穂はそれを自慢するでもなく、いくらそれを褒めそやされても、ただ寂しげに言葉少なく笑っていた。以前よりいくらか痩せて細くなったように、礼美はそのとき感じた。

しかし、別荘から帰って二、三日後、驚いたことに、水穂は別荘から少し離れた崖の上から海に投身自殺をしてしまったのだった。葬儀には同級生は誰も呼ばれず密葬で済まされた。礼美達が知らせを受けたのはその二、三週間後のことだった。

礼美はショックを受けてすぐに奈津に電話してみた。

「私も驚いているのよ。ほかの同級生から聞いたんだけど、何かノイローゼ気味で体調が悪かったみたいよ。お気の毒なことをしたわね」

奈津はそう言ったきり、黙り込んだ。それ以後、なぜか二人の間では水穂の話題は禁句になってしまっていた。

あの別荘はまだそのままあの場所に建っているのだろうか？　もし残っているのなら、水穂の供養のためにも一度訪れてみたいと礼美は思ったのだ。

「あーっ、もうこんな時間だわ。旅行の支度もできたし、昼間あれこれ頑張り過ぎて、眠くなってしまったわ。竜也はまだ起きているんでしょう？　年末の特別報道番組を見るんだったよね。悪いけど私は一人でお先に休ませていただくわ、ではごゆっくりね、お休みなさい」

礼美はテレビに夢中になっている竜也を残したまま、二階の寝室へ上がっていった。

明日の旅行を思いながら楽しい気分で、いつの間にかグッスリ眠り込んでしまった。竜也が十二時過ぎに寝室に入ってきたときも、全く気づかなかったくらいである。


十二月三十一日の早朝のことであった。耳元で音楽が鳴っている。しばらくそのまま鳴り続けていたが、礼美がやっと目覚めたときには、その音はとぎれてしまっていた。目覚まし時計は竜也の出勤時間に合わせたままで、六時三十分に鳴るはずだったが、もうそんな時間なのかと、礼美は眠い目を擦って起き上がった。しかし、普段見慣れている正面上部の壁掛け時計はまだ五時を指している。

おかしいなと思ったが、ふと見ると携帯の着信サインが点滅しているのが分かった。携帯の着信音が鳴っていたのに気づかなかったのだ。

(こんなに早くにいったい誰だろう)

そう思いながら確かめてみると、相手は梓だった。すぐ折り返してみたが、しばらく鳴らしても梓は出ない。いったん切って待っているとメールが入ってきた。

「今日の旅行の話で、礼美の家の三文判が一本必要になったので今からすぐ持ってきてください。裏口を開けておくので必ず礼美一人で来てください」という内容だった。

(今頃になって三文判が必要なんて、どうしたのかしら？　私一人でなんて、何かあったのかしら？）

礼美はその後もう一度梓に電話を入れたがやはり出てくれない。こんな早朝に呼び出すなんて、万事抜かりのない梓にしては珍しいミスだと、礼美は思った。普通なら先方から出向いてくるはずだと思うが、考えてみれば、こちらは格安料金で便乗させてもらう、客というより友人なのだ。たしか息子さんが二人いるが、それぞれ学生で寮生活をしていて、正月明けに帰宅すると梓は言っていた。何か特別な都合でもできたのかもしれない。などと考えながら、仕方なく起き上がった。

グッスリ寝込んでいる竜也をわざわざ起こすこともない、すぐ戻ってくるんだからと思い、こっそり寝室を出た。

一階に降りると、化粧もせずに愛用のトートバッグに三文判を一本捩じ込んだ。旅行用にと竜也がクリスマスプレゼントに買ってくれたラム皮のコートを引っかけ、慌てて外に出た。真冬の空気はまるで凍りついたように冷え冷えしている。そんな中、車を豊田方面に向けてハンドルを切った。二四八号線を突っ切ると周囲の田んぼや畑は霜で真っ白だ。辺りはまだ薄暗く、ほかには車は一台も走っていない。手袋をした手はかじかんでしまっていたが、通常の近道を行くと十五分ほどで梓の家の駐車場に到着した。しかし、ホッとしたものの、よっぽど慌てたらしく、そのときになって気がつくと携帯を家に置き忘れてきていた。

（しまった。でも書類に捺印するくらいのことだから竜也の寝ているうちに帰れるわ。裏

口を開けておくと言っていたし、別に携帯は必要ないわね）
礼美はそう判断して一人で頷くと、車を降りて外へ出た。
正面の、野々山不動産と看板の上がっている店舗に隣接して、左側にモダンな住宅が並び立っている。玄関の前を通り過ぎ、赤芽垣に囲まれた屋敷の裏側に回った。四、五メートル歩くと裏口のドアに辿り着いた。礼美はその場に立って、二、三度軽くノックしてみた。
「おはようございます。私、礼美ですけど、梓さんいます？　三文判持ってきました」
二、三秒も待たずに、すぐに中からドアが開けられた。
「いらっしゃい。遠慮せずに中までどうぞ」

ドアの隙間から、カーテンもまだ閉め切ったままの薄暗いキッチンが見えた。

礼美は玄関からは二、三度入ったことはあるが、裏口からなど入れてもらったことはなかったので、遠慮がちに足を一歩踏み入れた。

「三文判は持ってきたけど、何か変更あるの？　旅行の予定とか大丈夫なの？」

バッグから取り出した三文判を目の前の梓に渡そうとしたとき、中の薄暗さに目が少し慣れてきた。

「オッホッホッ、やはり礼美は天然ね。こんな早朝にわざわざ来てくれてありがとう」

礼美は渡そうとしていた三文判を思わず土間にポロリと落としてしまった。

闇の中に青白く浮き上がった骸骨のような顔、亡霊のように白く透けたドレス……。礼美の目の前につっ立っていたのは梓ではなかった。焼栗奈津だったのである。

礼美は驚きのあまり、一瞬金縛りに遭ったように身動きができなくなった。

「奈津がどうしてここにいるの？　梓はどうしたの？」

驚いた礼美の声は、心なしか小刻みに震えた。

奈津の異様な顔付きは、二ヶ月前礼美の家に来たときよりさらに凄みを増している。

奈津は本来なら今頃夫と外国旅行に行っているはずではなかったのだろうか？　礼美は不安に駆られ、おずおずと奈津を見上げた。

「いいから中へ入って、黙ってそこのイスに腰かけてよ。早く。今、奥にいる梓を呼んでくるわ。驚くことはないわ。用事があって昨夜からここに泊めてもらっているのよ。伊豆旅行の話も梓から聞いて知っているわ」

礼美は奈津の言葉に逆らえず、不安に脅えながら、土間に落とした三文判を拾い上げると、靴を脱いでそろそろとキッチンに上がり込んだ。奈津に勧められるままテーブルの横のイスに腰かけた。しかしこの家の持ち主である梓の声が全く聞こえないのは不自然な気がした。奈津の入っていったリビングを覗くと、奈津はそこから一人で出てきた。顔に薄笑いを浮かべている。

「少しの間だけ静かにしてもらうわ。礼美にも、梓や良二と一緒に私のお供をしてもらうのよ」

そう言い終わらないうちに、いつの間に手に持っていたのか、中細の麻縄を取り出すと、イスの背後から礼美の上半身をグルグル巻きに縛りつけた。痩せている割には凄い力だった。

「キャーッ、奈津、何をしているの？　やめてよ」

礼美が悲鳴を上げても、もう遅かった。

あっという間に、叫んでいる口をガムテープで塞がれてしまった。

「ふん、そんな哀れっぽい顔で私を見ても、もう遅いわ。裏切り者！　私があれだけ頼んだのになぜ分からないの？　梓と結託して私を馬鹿にして、そのままただで済むと思ったの？　でも裏切り者は良二も同じよ。今さらほかの女と結婚しようなんて許せない。昨夜から梓も良二も睡眠薬入りコーヒーを飲んでよく眠っているわ。こんなに私をコケにして、私のこの一流のプライドをよくも辱めてくれたものだわ。あなた達を絶対許せないわ。罰として今から私と一緒に死んでもらうのよ。フッフッフ」

礼美は後ろ手に縛られ、喋ることもできず、顔から血の気が引いた。目の前で不気味に笑っている奈津は、あの誇り高きエリザベス一世というより、恐ろしい中世の魔女のように見えた。

「ふんっ、私に逆らった罰よ。年下の最愛のダンナですって？　仲よく旅行になんか行かせるものですか。天然の礼美には何も言わなかったけれど、私と夫は結婚以来ずっと不仲で今までずっと別居して散々苦労してきたのよ。自由奔放な礼美がどれだけ羨ましかったことか。結婚十五周年記念ツアーなんて全部出鱈目なの。同級生の香代子の死因についいて、みんなが騒ぎ出したので、欠席する理由として、とっさに思いついたのよ。礼美には騒ぎのことは黙っていたかったし、以前梓から聞いた大自然ツアーの話を利用させてもらったのよ」

礼美はそう言われて香代子の噂についての不安を覚えながらまじまじと奈津の顔を見上げた。

「そうよ、お察しのとおり、私が香代子を車で連れ出して、谷底へ突き落として殺したのよ。子供を産めない私は、姑に頼み込んで、やっと許しを得て、香代子の四番目の赤ん坊を養子にもらうことに決めていたのよ。私のプライドに懸けても、どうしても焼栗家の跡取りが欲しかった。それなのに土壇場になって返事を翻《ひるがえ》されて私の面子は丸潰れよ。腹が立ってどうしても許せなかったのよ。香代子の葬式のとき、ダンナが四人の子連れでオロオロしてるのを見て、ざまぁ見ろ、とせせら笑ってやったわ。あのダンナが急に考えを変えたせいで香代子は死ななきゃならなかったのよ。ファッファァッファァッ」気味悪い声で笑い出した。

礼美は呆気に取られ、体が震えた。やはりあの噂は本当だったのだ。かわいそうな香代子、礼美の目に涙が滲んだ。

「礼美がギリギリになって出席を断ってきたと榎から聞いて、おかしいと思ったんだけど、昨夜ここに来てその理由がよく分かったわ。それにどういう御縁なのか、礼美達が伊豆の別荘見学に行くと聞いて、短大の同級生だった水穂を思い出したのよ。もう過去のことだし忘れかけていたのに、お陰で嫌なことを思い出してしまったわ。海へ投身自殺してしまった水穂のことよ。礼美も覚えているわよね。

水穂の別荘から帰った翌日から、彼女から何度も私に電話があったのよ。私の部屋の直通電話に長々とくだらない話ばかりしてきたのよ。御主人が外国出張が多くて一人で淋しいとか、自分より姑の言いなりだとか、自分は家政婦代わりに別荘の掃除に行かされるだとか、そんな話を聞かされているうちに、自慢話をされているようで、次第に腹が立ってきたのよ。

かなりの御大家に嫁いだのは分かるけれど、結局水穂は嫁というより女中代わりにもらわれたのよ。それなら無料でいくらでもただ働きさせられるものね。水穂は運悪く落とし穴に落っこちたわね。御主人も親の言いなりだなんて、愛されていない証拠だわ。利用されるだけなんだからさっさと家を出て離婚したほうがいいわよ、って悪気ではなく正直に言ってあげたのに、翌日からパタリと電話してこなくなったのよ。後で聞いたら、その日のうちに家を出て、あちこちさまよって崖の上から海に投身自殺したらしいのよ。

後になってそれを知ったときはさすがにショックだったけれど、どうしようもなくて無関係を装ったわ。

でも今になってみれば、あのとき水穂にあんなひどいことを言って後悔しているわ。なぜなら自分も水穂と同じように一流の資産家に嫁いだのに今同じ目に遭ってるからよ。天罰が下ったとしか思えない。だけど私だけがどうしてこんなに苦しむのよ。礼美、価値観の同じ友人でありながら、天然のあなたが羨ましい。美人でもないし、スタイルだって私のほうが上よ。なのにチャッカリと幸せを手に入れている。私の夫の愛人だってそうなのよ。礼美や梓に似た丸ポチャブスなのに夫に愛されている。幸せ太りだからなどと言って、高価なダイエットサプリを主人にねだって買わせたのよ。

水商売上がりらしいけど、私という妻がいながら失礼な話よ。私は興信所を使って様子を調べさせていたし、一度主人に直接、彼女と別れてほしい、って言ったこともあるの。主人いわく、私とは家柄上恥ずかしくない嫁ということでしかたなく結婚したけれど、プライドの高い私はお飾りにしておいて、マンションに住まわせているデブのほうを愛しているから別れない、って……。結局、一流の家に嫁ぎたいと思うこちらの気持ちをうまく利用されたのよ。本当の愛は、お金でもプライドでも買えないし手に入らないことがよく分かったわ。

そうこうしているうちに愛人が妊娠して、主人は認知するつもりだと言ったわ。私は香代子の四番目の男の子を養子にもらうことに失敗した後で、最悪の事態が起きたと思い、どうしてもそのまま指をくわえて見ているわけにはいかなかったのよ。

深夜遅くマンションの合い鍵を使って忍び込み、彼女が服用しているダイエットサプリの瓶を見つけたわ。その後二、三度、用意した注射針でカプセルの中に微量の砒素を注入しにいったの。

礼美も知ってのとおり、私は医者の娘よ。砒素と注射針を手に入れるぐらい、お茶の子さいさいよ。それにあの思い上がりも甚だしい女は殺されて当然だと思ったわ。だからその後、原因不明の症状で急に亡くなったと聞いて、うれしくなって踊り出したい気分だった。証拠も残していないし、ダイエットサプリに有害物が混入していたかのように見せかけたのだけれど、それでも結局後になって警察に調べられ、外部からの仕業だと分かってしまったのよ。

その後夫婦仲が悪かったことを警察に悟られてしまい、何度も呼び出されたわ。

私は思い余って良二に相談に乗ってもらおうと電話をしてみたのよ。けれど良二は結婚を控えていて忙しく、それどころじゃないし、同級会も欠席するなどと言って、相手にもしてくれなかったのよ。

そうよ。あの日、私が礼美の家にケーキを持っていった日よ。私は腹が立っていて、ついケーキを目茶食いしてみっともないところを見せてしまったけど、イライラしてどうしようもなかったのよ。しかもあれ以後、夫もますます家に寄りつかなくなり、私は姑達や家政婦に、体調が悪いからと言って、一人で家に閉じ込もりじっと身を潜めていたわ。そのうち事件も迷宮入りになり、片づいてしまえば夫も帰ってくるだろうと高を括っていたわ。

その後一ヶ月以上も過ぎ、もう大丈夫と安心した矢先、暮れになって突然警察から呼び出しの電話がかかってきたので驚いたのよ。

私のブルーのベンツが深夜遅くにマンションの駐車場から出ていくのを見たという目撃

者が現れて、それは近くのスナックの前のゴミ置き場で残飯を漁っていたホームレスだったのだけれど、私の車のナンバーも、私の顔もはっきり見ていなかったらしいのよ。私は一貫して否認し続けたので、結局確証がないということでいったん家に帰されたのよ。大晦日が近づくにつれ、私は気が狂いそうになったわ。このままではいずれ警察に捕まってしまう。香代子殺害の件まで明るみに出れば死刑か無期懲役に決まっている。

私は良二に電話して必死に頼んだの。良二も私が困窮しているのを分かってくれて、婚約者とのタイ行きを先延ばしにして、とうとう会いにきてくれたわ。わけを聞いて一緒に私の逃亡先を探してくれることになったのだけれど、今さら、実家には申し訳なくて戻れなかった。戻ることは私のプライドが許さなかった。それで、昨日急に思いついて、梓に頼んで一人暮らしのできる、県外のアパートを探してもらおうと思ったのよ。

昨夜良二と二人でこの家に押しかけたというわけなんだけど、年末は休みだし、礼美夫婦と一緒に伊豆旅行に行くので、年明けにしてほしい、とけんもほろろに断られたわ。それどころか、良二と一緒のところを冷ややかな目で見られ、香代子の事件のことも疑っている口振りだった。私は友達甲斐のない梓や、私を裏切った礼美がどうしても憎らしくて、こうなったらこの家に放火して皆もろともに死んでしまえと思って決心したのよ。

夫の愛人殺害の件も、被疑者の私が死ねば事件はこのまま迷宮入りで捜査は打ち切られ、それで、私や私の実家のプライドも保たれる。他にはもう方法がないことがよく分かったのよ」

奈津は思い切ったようにうなだれていた顔を天井に向けた。

「さあっ、話はこれでおしまい。グズグズしていると邪魔が入るわ。礼美にはお世話になったわね。一緒に死んでもらうけど心配することはないのよ。テレビオタクの良二が言うには、人間は死んだら魂は宇宙のワームホールを潜って他の四次元世界に移動するだけなんですって。きっとまた会えるわ、礼美。ありがとう、さようなら。いつかまたね、フォッフォッフォッフォ」

（奈津、やめて、すべて奈津の誤解なのよ。みんな奈津のことを心配しているわ。目を覚まして、奈津）

祈るように見返す礼美を尻目に、奈津はリビングの奥にさっさと入っていった。

開け放されたドアの向こうに、床に倒れて転がっている梓や角田の手足や体が見えた。

礼美は恐ろしくなり思わず目を閉じた。

リビングの奥からずるずると何か重そうなものを引きずってくる音がした。

目を開けてみると、奈津がポリタンクに入っている液体をアチコチに撒いている。

つーんとした灯油の臭いが辺り一面に立ち込め、それは礼美の足元にも漂って流れてきた。

瞬間奈津がこちらを振り向き、同時にカチリ、とライターに点火する音がいやに大きく響いた。

あっという間に部屋中が火の海になった。

竜也はいつもの習慣で、六時三十分に目が覚めた。旅行の仕度は昨夜のうちにできていたし、もう少し眠りたいと思ったが、ふと隣のベッドを見ると礼美がいない。いつの間に起きたのか、もぬけの殻だった。

「礼美、もう起きたの？　早いね」

竜也は首を捻りながら一階に聞こえるように呼びかけてみたが返事はない。家中がシーンとしている。

（おかしいな。断らずに出かけるなんて。もしかして畑にいるのかな）

竜也は念のためベランダに出て、すぐ下に見える菜園を覗いてみたが、そこにはいない。しかしその横の丸屋根の車庫の中には礼美の車は入っていなかった。

（エーッ、こんな早朝にどこへ行ったんだろう？）

竜也は寒さに震え、慌ててガラス戸を閉めた。中に入って礼美のベッドの横を見ると、携帯がそのまま置いてある。

（携帯を残していったということは、それほど遠くではないし、すぐ戻ってくるということだな）

竜也は少しほっとして礼美の携帯を手に取ってみた。

床から燃え上がった火はパチパチと音を立て、家具やカーテンにまで広がり始めた。火の粉が飛んで黒い煙が部屋中に充満していく。

「ギャーッ、熱い！　良二、助けてー！」

白い蝶のようなスカートに真っ赤な火が燃え移り、奈津はそのまま火だるまになって、奥の部屋へ転がり込んでいった。

礼美はイスに縛りつけられたまま、呻き、もがいた。このままでは奈津の思いどおりに自分も焼け死んでしまう。悔し涙があふれた。礼美はそれでも自分の弱気になる気持ちと闘った。

イスに縛られたままの姿勢で、イスの四本の足を少しずつ土間のほうにずらして移動させた。

（ほんの少しずつなら土間に移動できるわ。土間には灯油が流れていない。中からドアの鍵を開けることは不可能だろうか？）

そう思って必死に体を浮かせたり捻ったりした。

幸い礼美の着ていた竜也のクリスマスプレゼントのラム皮のコートは、燃えにくく、礼美の体を炎からガードしてくれていた。

コトン、コトン、弾みをつけて少しずつ土間に近づいたが、あと少しのところで、イスごと土間へ横向きに落っこちてしまった。

（しまった！　ドアは後ろにあるのに縛られていて手は鍵に届かない）

その間にも炎はますます強くなり、天井が焼け焦げて、礼美の目の前に落ちてきそうになっている。

ガムテープで塞がれた口をもぐもぐ必死に動かし助けを呼んだが、声にならない。

体中が熱くなり、顔から汗が吹き出した。

(竜也！　竜也！　助けて！)

礼美は心の中で竜也の名を呼びながら、裏口のドアに背中から死に物狂いで体当たりした。

イスの背もたれがドアをたたいて信号音を発した。ドンドンドン、SOS、SOS、やがて礼美は次第に息苦しくなり気を失った。

竜也は礼美に悪いとは思ったが礼美の携帯を開いて、最後に電話してきたのが梓だと確認した。その後のメールも読んでみた。しかし、梓からのメールにしてはどうも腑に落ちない。

一端の不動産屋が、非常識にこんな時間に、たとえ友人でも呼び出すだろうか？　ある不安が頭をよぎり、竜也の顔からスーッと血の気が引いた。

気がつくと、礼美は広い草原に寝転がっていた。頭上には雲一つない真っ青な空が広がっている。日の光を体いっぱいに浴びて、暖かく心地いい。

（どうしてこんなところにいるんだろう？　もしかしたらここは天国なのかもしれない。私はもう梓の家で焼け死んでしまったのだわ）

そのまま気持ちよく柔らかい草の上に身を横たえ続けていると、どこからか風に乗って妙な声が聞こえてきた。

「れれれー、れみー、れれれーみー」

こだまのように聞こえるが、礼美の名を呼んでいるらしい。

その声に合わせて白い雲の塊がこちらに流れてきた。よく見るとそれは雲ではなく、タンポポの綿毛のようだ。一つ一つがサッカーボールぐらいの大きさで、集合して流れてくる。

それらの一つ一つを下から見上げると、目、鼻、口のような深い影が刻まれている。口がぱくぱく動いて礼美の名を呼んでいるのだ。「れれれーみーれーみー」

その綿毛の顔には見覚えがあった。同級会で集まるはずだった水穂、香代子、少し離れて梓の顔も見える。他にもどこかずっと昔に出会った記憶のある顔達が、ゆっくりと一方向に流れていく。

いつの間にか、その先にはどす黒く渦を巻いた、ワームホールがぽっかり口を開けている。

（あの白い綿毛は人の魂に違いない。奈津や角田の顔はここからは見当たらないけど、きっと一緒にどこかに流れているのだろう。私も今からあのワームホールを潜って四次元

世界へ行くのね。さようなら、みんな、光、菜穂、元気でね。竜也、さようなら）

不思議と悲しみは感じず、涙も出ない。ブラックホールが目の前に近づき、真っ黒な闇が礼美の上に覆い被さる。礼美はしっかり目を閉じ覚悟を決めた。

「礼美、礼美、礼美」

しばらくすると今までと違い、すぐ近くではっきり声が聞こえる。耳元で、聞き覚えのある懐かしい声が呼んでいる。礼美は閉じていた目をゆっくり開けた。

「あっ」

思わず驚きの声が漏れた。思いがけない光景が目の前にあった。

「礼美、おかえり、無事帰還、おめでとう！」

竜也が目にいっぱい涙を溜めて、顔をクチャクチャにして笑っている。

礼美は病院のベッドの上に寝かされていたのだ。


「竜也、私、助かったの？」

礼美は今、二度と会えないと思った竜也の顔を見ることができた。

突然、涙で目が曇り、まわりの景色がぼやけ、それ以上は声にならなかった。

「礼美が携帯を置いていってくれたお陰で、野々山不動産に急いで駆けつけられたんだよ。僕が礼美を救出したんだ。裏口にまわったらドアがバタンバタン音を立てていたから、礼美が僕に助けを求めているＳＯＳだとすぐ気づいたんだ。礼美の気持ちがテレパシーで僕に通じたんだよ。ドアを蹴り破って土間に転がっていた礼美をイスごと外へ引っ張り出したんだが、中はもう天井も燃え落ちて危機一発の状態だった。礼美はまだ微かに息をしていたからそのまま近くの病院に運び込んだんだよ。五時間も眠りっ放しだったんだけど、本当に助かってくれてよかった。ありがとう！」

礼美は胸がいっぱいになった。

「竜也、私はもう死んだと思っていた。生き返ることができるなんてお礼を言うのは私のほうよ。本当にありがとう」

竜也はその声に応えるように礼美の両手をしっかり握りしめた。

「僕も礼美に謝らなければならないんだよ。実は二、三日前に、以前のサプリと愛人死亡事件の担当だった刑事さんから、僕の携帯に連絡をもらっていたんだよ。僕のほうからそれとなく、焼栗優一さんの奥さんは礼美の友人かもしれない、と伝えておいたからなんだけど、礼美には心配かけたくなくて、奈津が被疑者であることは黙っていたんだよ。僕はそれを知っていたし、刑事さんからも、奈津が行方不明になっているから気をつけるように、何かあれば連絡するように、って言われていたんだけど、旅行の当日にまさかこんなことになるなんて思ってもみなかったんだ。だけど、よく考えてみれば御主人の愛人を殺害して逃亡するくらいの神経なのだから、たとえ友人だって礼美や梓さんにも残酷なことができて当然なんだよ。梓さんも遺体で見つかったそうだけれど、本当に申し訳なく思っているよ」

うなだれている竜也の後ろには、焼け焦げたラム皮のコートが無造作に椅子に置かれている。

「私が今朝出かけるときに一言断っていかなかったせいよ。竜也の責任ではないわ。それよりラム皮のコートのお陰で私は火から守られて、竜也に助けられたのよ。顔や手足も煤で真っ黒だったでしょ？　本当に心配かけてごめんなさい。でも、梓はやっぱり助からなかったのね、かわいそうに」

礼美は竜也に渡されたハンカチで涙を拭った。同時に、奈津と角田の遺体も見つかったのではないかと思い、礼美は気になってふと竜也を見上げた。

「礼美の体調も心配だし、あまりショックを与えたくなかったんだけど……」

竜也は礼美を気遣いながら話し出した。

「角田良二君と奈津も遺体で発見されたんだよ。でもその場所は梓さんの家ではなく、東名岡崎インター前の高速下辺りなんだ。家が焼け落ちる寸前に、裏の駐車場から一台のブルーの外車が出ていくのを隣の住人が見つけ、火事の通報とともに警察に連絡したらしいんだ。

焼栗奈津の行方を捜していた刑事達がそれを聞き、その近辺の道路週辺を見張っていたところ、東名豊田東インターの周りの捜査網を破り、料金所を突破していくブルーの車を見つけ、後を追いかけたそうなんだ。

岡崎インターの手前までは凄いスピードで逃走したらしいが、その後逃げ切れないと悟ったらしく、スピードを出したままガードレールを乗り越えて、高く高くジャンプして崖下へ落ち、車は大破し、車内にいた二人は即死だったということだよ。覚悟の自殺だったようだ。

奈津と角田君は肩を寄せ合うようにして亡くなっていたそうだ。礼美にとってはショックな話だと思うけど、礼美が目覚める二、三十分前に刑事が来て教えてくれたんだから事実だよ。これで、例の愛人殺害事件は被疑者死亡のまま捜査打ち切りになり、一件落着のことだ。刑事さんも一応ほっとはした様子だったけれど、帰るときにボヤいていたよ。『逃げ場を失い、恋人と心中というのは理解できますが、友人の野々山さんや沢井さんまで、どうして焼き殺す必要があったんでしょうな？　なんの苦労もないはずのセレブな奥様の気持ちは計り兼ねます』ってね」

礼美はこんなときになってまで、また奈津に驚かされた。てっきり二人も梓同様焼死体で発見されたのではないかと思っていたのだ。しかし、奈津が梓の家に放火する直前ぶつっと呟いていた言葉を思い出した。

「良二は和食料理店の娘との結婚は取りやめて私と一緒にタイへ逃げて二人でやり直したい、なんて言っているけど、そんな貧乏生活は私の一流のプライドが許さないわ」

結局奈津は、睡眠薬入りコーヒーを飲まずに眠ったふりをしていた角田に家の外へ連れ出されたのだ。角田は逃げようとしたのかもしれないが、奈津のプライドが邪魔をして、二人で死ぬことを選ぶしかなかったのかもしれない。

婚約者を捨ててまで奈津を愛し抜いた良二の気持ちは、無残にも奈津のプライドに踏みにじられたのだ。良二だけではない、これでもう死の真相を解き明かされることもない水穂も、香代子も、そして梓までもが、不運にも友人だったからという理由で、奈津の異常な高慢さと残虐さの犠牲になった。

自分までも殺そうとした奈津、それでもなぜか哀れに感じて憎めないのはどうしてだろうか？　自分はやはりお人好しの天然ボケなのだろうか？

竜也が退院の手続きをするため、ナースセンターへ行っている間に、礼美は思いっ切り泣いた。高校生時代からの友人を全部失くしたのだ。大粒の涙はとどまるところを知らなかった。高校時代の想い出が走馬灯のように脳裏を駆け巡る。

良二がふと口走った言葉を思い出す。

「あの人は僕にとって孤高の女性だから……」

高嶺の花だと言いたかったのかもしれない。しかし良二にとって奈津は一生を通しての理想の女性だったのだ。ならばこれで良二も納得できたのだろうか？

礼美は涙を拭くと、気持ちを入れ替えようと、ふと病院の窓の外を覗いた。

クリスマスツリーに似た形の針葉樹が病院の駐車場の隅に四、五本並んでいる。三階の窓から見る景色はなぜか目新しく新鮮で生き生きして映った。

そのとき突然突風が吹き抜けた。瞬間礼美は目を疑った。偶然かもしれないが、大破したはずの奈津の愛車と同じブルーの外車が、針葉樹の向こうの道路を駆け抜けていくのが見えたのだ。まるで空中を走るように。

「礼美、ありがとう。さようなら、いつかまた会おうね。ホッホッホ」

　奈津の甲高い笑い声が礼美の脳裡いっぱいに響き渡った。礼美は硬直した。ほんの一瞬の出来事だったが、それは奈津の礼美への最後のお別れの言葉ではなかったかと礼美には思えた。

　孤高という名のプライドを閉じ込めた殺人の部屋、礼美だけが知っているその狭い部屋の扉を奈津は最後まで開けられなかった。死の世界に旅立って、初めてその孤高から解き放たれたのだ。今頃は良二と二人でワームホールを潜り抜け、仲よく四次元世界に向かっているのかもしれない。それはすべて礼美の悲しみやショックからの自己防衛が招いた妄想なのだと思ったが、そうあってほしい、と礼美は心から願わずにいられなかった。

「奇跡的に火傷もなく、無事で何よりでした。一応湿布薬と二日分の精神安定剤だけはお出ししておきますね」

「お世話になりました。ありがとうございました」

　医師や看護師に礼を言い、礼美は竜也に手を取られ、退院した。

　やっと病院の外へ出られた。時間は夕方五時三十分を過ぎていた。

「無事帰還のお祝いに、特上寿司でもおごるよ」

　などと言って笑いながら礼美の隣を歩いていた竜也が、急に立ち止まり、おもむろに空を指差した。見ると空一面、真っ赤な夕焼けが広がっている。

礼美は三年前のあの日の夕焼けを思い出した。

「凄い、さすがにプロですね。お花も生き返りますね」礼美はそのとき、閉店前にしまい込むしゃがみ込んでいる礼美の後ろで男の声がした。礼美はそのとき、閉店前にしまい込む予定のパンジーやビオラの世話をしていた。

花殻や枯れ葉を取り除き、液肥を与えていたのだ。急に後ろから覗き込まれ、慌てて立ち上がり振り向いた。

「あっ、いらっしゃいませ。気づかなくてごめんなさい」

真っ赤な夕焼けを背にして立っている長身の男の顔は、逆光で真っ黒に見えた。

「会社の事務員に頼まれてポトスを買いにきたんですが、どれがポトスでしょうか？」

礼美はその男を観葉植物の温室に案内し、いちばん良い状態に育っているポトスを選んでやった。

「冬場はなるべく日当たりの良い場所を選んでください。水は一週間に一度ぐらい、たっぷりと与えてください。やり過ぎると根腐れを起こし枯れてしまいますので気をつけて、末永く可愛がって育ててやってください。お持ち帰りですね？」

閉店前の忙しさにかかわらず、丁寧に分かりやすく説明したのである。

男は礼美の親切な心遣いと、おっとりした雰囲気が気に入ったらしく、その後時々礼美を目当てにか、草花を買いにやってきた。後になってよく見ると、梓達の言うようになかなかのイケメンではあったが、実は草花には全く興味のない植物音痴だったのである。その男こそ、今隣で手をとり、一緒に歩いてくれている竜也なのだ。

竜也が礼美の勤めている園芸店に初めてやってきた日もこんな夕焼けの空だったのだ。

礼美との結婚後、その植物音痴はかなり改善された。あの出会いのときと同じく逆光で真っ黒な顔を今こちらに向けている。でも人懐っこく笑っているのはわかる。

礼美はその顔を見上げ、その肩に寄り添った。

「年上女房でごめんなさい。頼り甲斐はありませんが、改めて、このまま末永くお願いできますか？」

竜也は答えた。

「謹んでこのまま持ち帰らせていただきます」

竜也の記憶にも焼きついている、あの日と同じ真っ赤な夕日を浴びた礼美の顔が、恥ずかしげに微笑んだ。

「持ち帰らせて……？　私はポトス……？」

竜也の腕をつねってやりながら、ついクスクス笑ってしまった。明日に立ち向かう元気パワーが竜也の腕の温もりを通して伝わってきた。礼美は今それを改めて実感した。最愛の夫、竜也に手をとられ、無事懐かしい我が家への帰路に就いたのである。


―完―

# 終戦までの真実

徳川家康ゆかりの地として有名な岡崎市に里原大樹一家が住み着いたのは二十年も昔のことだった。

豊田市に実家のある母と、静岡県出身で本社から転勤してきた父が出会い、結婚後七年目に岡崎市伊賀町に分譲住宅を買ったのである。岡崎の中心に近く、すぐそばに伊賀川が流れている。

毎年提防を覆う桜花は実にみごとで、今では老木となった岡崎公園の桜にも引けを取らない優雅さで咲き乱れる。

大樹にとっても、母の安代にとってもそれは自慢の散歩道である。朝晩は主婦や年配者の憩いの場となり、ジョギングする人々も多く、近くの高校の生徒達にとっても素敵な通学路となっている。

今は季節も真冬の一月であるが、四月のお花見シーズンになると大樹の家族は浮き浮きしてきて、安代も、友人や父の小吉を実家から連れ出し、大騒ぎで桜の散歩道を練り歩くのであった。そんなとき、小吉には孫の中でいちばん可愛がられている大樹も否応なしに付き合わされるのである。

しかしその小吉も昨年の半ば頃から体調を崩し、足も少し不自由になったので、安代や、実家で小吉と同居している長男、安代の弟の光一らが相談して、今では知立市《ちりゅう》にある個人看護老人ホーム、あすなろ園に入所させた。小吉も気ばかりは元気でも八十九歳という寄る年波には勝てないようだ。

大樹は名古屋の私立大学に通う四年生だが、ひどく寒がりで、冬になると朝はなかなかベッドから抜け出られない。今日もぎりぎりの時間に起きて遅刻しそうになり、慌てて玄関に走り出た。かじかんだ手でもたもたと黒のブーツの靴紐を結ぼうとしていると、奥のリビングから甲高い母の安代の声が呼び止めた。

「あっ、ちょっと待って大樹、昨夜老人ホームから連絡があって、小吉じいちゃんが風邪をひいて少し熱があるらしいの。母さん今日はちょっと忙しいから、大学の帰りに、ついでなんだから、寄り道して様子を見てきてくれない？」

安代は大樹に、通学途中の知立で降りて、小吉の見舞いにいってこいと言うのである。

大樹は、またか、と一瞬首をすくめた。

小吉の見舞いには、既に嫁いでいる大樹の姉の鈴代や波代も時々出かけているのだが、安代を含め、皆、小吉の頑固でわがままな性格に手を焼いているのだ。おまけに小吉はすぐ戦争の話をするので嫌がられている。

しかしどういうわけか、末っ子の大樹だけは祖父を慕い、小吉も大樹を可愛がってい て、孫息子が見舞いにいくと上機嫌になるのだ。安代はそれを知っていて何かと用事を頼 むのである。決して老父をないがしろにしているわけではない
大樹も大学の高い学費を工面して捻出してくれている母にだけは逆らえない。

「母さん、分かったよ。今日は午後の講義も早く終わるから、塾のバイトの前にちょっと 寄ってみるよ」

あまり気がなさそうに答えたが、実は大樹にとっても老人ホームに行くのに楽しみな理 由が一つだけあった。

小吉の部屋に介護研習生兼アルバイトとして来ている地元の福祉大学二年生のゆり江に、 その日のローテーション次第で会えるからである。大樹はゆり江にいつの間にかほのかな 恋心を抱いてしまったのだ。いつかゆり江にデートの申し込みをしようと企んでいる。若 いのに心遣いもよくできて、明るく優しいゆり江を、小吉も気に入っているようだ。大樹 の想いを知ってか知らずか、若い二人が部屋に揃うと小吉は喜んで有頂点になる。

自分と、十年前に先に逝った女房、春子との青春時代をなぜか思い出すらしい。しかし その後お決まりの、昔の話、戦争のときの話になるのが厄介なのである。

「おーっ、大樹、来たか。ゆり江さんと二人揃うとなかなかお似合いだぞ。ゆり江さん は、十年前にわしを残してぽっくり逝ってしまったばあさんそっくりじゃよ、目元とか頬 の辺りとかが特にな。実はわしら二人が知り合ったのも、おまえさん達と同じ年頃じゃっ

たんだよ。懐しいのう。

その頃はちょうど太平洋戦争の真っ最中で、わしは運よく生き残れたが、終戦後は辺り一面焼け野原になり、食い物も何もなくて、ばあさんにも苦労させたもんじゃ。

広島に原爆が落とされたので、わしは待機していたが、特攻機には乗らず、自爆しないで済んだんじゃ。運よく生きて帰れて、大樹達孫の顔まで見ることができるなど、その頃では夢のその又夢だったんじゃ。その夢の世界が今の平和な世の中じゃ。もう戦争はこりごり、今でも空を見上げると、妙に晴れ晴れとした笑顔で南方の空に向かって飛び立っていった特攻隊の仲間の顔が浮かんでくる。最近になって夢にまで出てくるんじゃよ。わしだけ助かってしまって本当に申し訳ない。許してくれよ、ナンマイダナンマイダ」

などといつもこんな調子なのである。

大樹はこんな小吉の与太話とも思える愚痴をいつも笑顔で聞いてくれているゆり江には感謝している。

「大樹さん、小吉さんの戦争のお話は私達にとってとても役に立っているのよ。気にしないでね。それより大樹さんはおじいちゃん思いの優しいお孫さんね、って、看護師さんみんなで感心しているのよ」

そう言われて大樹も悪い気はしないが、本当はゆり江の顔を見たくてきているなどとは口が裂けても言えず、照れ笑いでごまかしている。

実際大樹にとっても今の時期は、バイトの他、就活や卒論の仕上げに忙しく、小吉の見舞いにくるのもなかなか大変なのである。

そんな状況のせいもあり、朝安代に頼まれていたにもかかわらず、うっかり老人ホームに立ち寄るのを忘れ、そのままバイト先の塾に着いてしまった。

今日はゆり江のローテーションの入っていない曜日だったからだ。

大樹は、見舞いのほうはゆり江に会える明日に延ばせばいいと思った。塾の控え室に行き、そこで待つ先輩の塾長代理、近藤と雑談をしていた。そこでついぽろりと祖父のことを愚痴ってしまった。

すると、近藤も自分の曾じいさんから聞いたという昔話を始めた。

「僕の家はその昔から岡崎にあるんだよ。そのせいで太平洋戦争以前の岡崎の古い話もいろいろと聞かされたよ。今は大丈夫そうだけど昔は矢作川《やはぎがわ》や乙川《おとがわ》が十年毎に大洪水を起こして大変だったらしい。その都度たくさんの死者が出て、曾じいさん達もよく復旧工事に狩り出されたんだと。

もっと昔、江戸時代の頃は、家康公のお陰で、東海道の中継所として繁栄していたそうだが、そのお達しで、費用こちら持ちの行事も多く、岡崎城は序々に財政困難に陥り、城下の庶民も生活が苦しかったそうだ。

僕の家は伝馬通りにあり、その頃は駕籠や馬が行き交う城下町の中心地だったんだ。

神社、仏閣も多いんだが、その中に日連宗の円頓寺というお寺があるんだ。全国から来る行者さん達を宿泊させてあげていたんだが、あるとき肥後の国の法華教の信者で、伝治さんという行者が訪れたそうだ。ところがちょうどその時期に矢作川と乙川の大洪水が起こり、十四名もの尊い命が奪われたそうな。それに合わせたように病気の伝治さんも十四日目に亡くなったそうだ。しかしその伝治さんの遺言で、当時円頓寺の十八世日厘上人が尽力し、二年後の一八三一年に、矢作川と乙川の合流点に犠牲者の供養にと宝塔を建立されたそうだ。財政困難な時期であったが、家老の河合光興や地元民の協力を得ての大変御苦労な建立だったそうだ。

　実は僕の家もその円頓寺の近くで古くからの檀家なんだけどね」

大樹は元来の土地の人はさすがに自分達とは違うと思い、感心して静かに聞いていた。

「僕も母も単純に伊賀川沿いの桜を見て楽しんでるけど、大昔に近藤さんの御先祖様達が苦労して苗木を植えたり育てたりして下さったんですよね。ありがとうございます」

　調子に乗って大樹の口から、思いがけずお経染みた言葉が飛び出した。近藤はそれに気をよくし、喜んで話を続けた。

「伊賀川も洪水で決壊したときもあったそうだよ。しかしその後の日本に訪れた文明のお陰で、明治時代には鉄道も敷け、岡崎電灯が各家庭に電気を供給してくれたんだそうだ。しかしそれもつかの間、その後の戦争に電気を持っていかれたんだ。地域の有力者が、わざわざ近衛文麿首相や東条陸軍大臣、今川海軍大臣に直接談判に行き、戦争の中止を頼んだそうだが、全く相手にされなかったらしい。

　しかも昭和二十年の大空襲で岡崎も大変な被害を受け、市立図書館もそのとき焼けてしまったのさ。それまでの岡崎の歴史など、貴重な資料がすべて灰になってしまったんだよ。戦争のお陰で残念なことになってしまった。戦争を憎んでるのは君のお祖父さんだけではないんだよ」

「さすがに先輩は博学ですね。今日は普段めったに聞けない貴重な話を聞かせていただいてありがとうございました」

近藤の話を聞いて、大樹は小吉の時代の人々の苦労を知り、小吉の今の気持ちも分かるような気がした。平和な今の時代に比べてよっぽどつらい体験を強いられていたのだろう。

大樹はそう思うと、老人ホームのベッドで一人熱を出して寝ているかもしれない小吉がかわいそうになってきた。ホームに行くのは明日にしようと思ったが、今夜塾のアルバイトが終わった後に知立まで戻って覗いてみようと急に気持ちを入れ替えた。

塾の担当講義が八時三十分に終了後、大樹は自宅と反対方向の名鉄東岡崎駅に向かった。駅の階段を駆け上がって下りのホームに入ると、ちょうど特急岐阜行きが到着した。

（よしよし、これに乗ればなんとか九時半までにはあすなろ園に着けるぞ）

知立駅で降りて走れば十分ぐらいでホームに着けると思ったのだ。

今までは夜になど行ったことはなかったが、個人経営なので、身内なら十時頃までは出入りできると聞いていた。

星のチカチカ瞬き始めた真冬の寒空の下を大樹は白い息を吐きながら、寒さを忘れ、息せき切ってホームの玄関先に走り込んだ。

街の外れにあるあすなろ園の看板灯が、まるで儚げな蛍の光のように入り口をぼんやり照らしている。

入り口の自動ドアは閉まっていて開かなかったので裏にまわった。非常用ドアが運よく開いたのでその中へするりとすべり込んだ。

そこから受付まで走っていってみると、電気は点いていたが事務室には誰もいない。係員はちょうど各部屋の巡回中だったらしい。

特別のことでもないので、帰りに届けを出せばいいと思い、直接小吉の部屋へ行ってみることにした。

薄暗いロビーを通って奥の階段を上り始めた。一気に二階まで駆け上り、小吉のいる二〇三号室の前で立ち止まった。ドアの前で耳を澄ませて中の様子を窺ってみたが、ひっそりしていて小吉の咳込む声も聞こえない。さすがにこの時間だし、幸い風邪も治ってぐっすり眠っているのかもしれない、しかし一応確かめてみないと、と、ドアを軽くノックしてから中へ入った。母親の手前、顔だけでも覗いて無事な姿を確認し、帰るつもりだった。ところがそのとき思いもかけない珍事が起こったのだ。

「おーっ、大樹か、よく来たな、待っていたぞ」

元気な小吉の声が、部屋に入った大樹の耳にはっきりと聞こえたのだ。

大樹は驚いて窓際のベッドを見てみると、外からの月明かりで、小吉が横たわり、目だけがギョロリと光っているのが見えた。

しかし大樹が声をかけようとした瞬間、目の前の小吉はむっくり起き上がり、大樹の横をすり抜けて、開いたままになっていたドアからアッという間に外へ飛び出したのである。まるで鉄砲玉のように外へ走り出ていってしまったのだ。

それは突然のことで、大樹にとっては信じられない出来事だった。あっけにとられて一瞬ぽかんとしてしまった。しかし驚く暇もなく、廊下のほうから、今出ていったばかりの小吉の声が聞こえてきた。

「大樹、何をしている、わしに続け」

まるで部下に命令しているような張りのある声で、とても八十九歳の体の弱った老人とは思えなかった。それに月明かりで一瞬ちらっと見えたのだが、小吉は黒の帽子と上下黒の軍服らしい姿をしていた。

「小吉じいちゃん、どうしたんだ？　こんな時間にどこへ行くんだよ」

年寄りをこんな真冬の夜に外へ出すわけにもいかないと思い、大樹は我を忘れ急いで小吉を追いかけた。

廊下へ飛び出して思い切り走り出すと、不思議と体が軽く風を切るように足が進む。そのまま階段を駆け降りようとしたが、その瞬間フワッと体が浮いて、気がつくと驚いたことに屋根を突き抜けて空高く空中を走っていたのだ。

あれよあれよという間の信じられない出来事だった。

（エーッ、体が空中に浮いているぞ、いったい何が起こったんだ？）

とびっくりしながら下を見降ろすと、十メートルぐらい下に、あすなろ園の青い屋根が月明かりに照らされてきらきらと輝いていた。しかし驚いている間もなかった。大樹の耳にどこからかまた小吉の声が聞こえてきたのだ。

「おーいっ、何してる、こっちだぞー」

大樹はわけが分からなかったが、今は考える暇もなく小吉の声のほうへと誘動された。無数の星が煌めく美しい夜空をまるで宇宙飛行士のようにゆらゆらと空を切って飛んでいく。不思議と寒さも感じないし、耳元を通り過ぎる風が心地いい。

そのまま小吉の声に引き寄せられて、半ば気分よく空中を走り続けた。何時間経っただろうか？　次第に心細くなってきたとき、周囲が急にぱっと開けて明るくなった。今まで走っていた夜の時間が、朝へと切り替わったようだ。日の出の時間だと分かったのは太陽が足元から昇ってくるのが見えたからだ。

今まで見たこともない荘厳な景色だった。十メートル下には鬱蒼《うっそう》とした森が見えた。大樹は木々を通り抜けて風船のようにゆっくりと下へ着地することができた。

足が地面に着いてほっとしたのも束の間だった。突然四方八方からドンドンと爆発音が聞こえ、大樹の目の前にもくもくと黒い煙が立ち込めてきた。

不意を突かれて驚き、辺りをきょろきょろ見回すと、前方の丘を兵隊が蟻のようにぞろぞろと登っていくのが見えた。日の丸の旗を掲げているではないか。

「全隊進めー！　そのまま前方へ突撃ー！　怯むな、行けー！　行けー！」

大樹は驚いてすぐそばの木の根本にしゃがみ込んだ。

夜明けとともに日本とどこかの国との戦争が始まったらしい。よく見ると日本兵達の服装は上は黒だが下のズボンは白のトレーナーのようで、小吉の着ていた軍服とは少し違っていた。

丘の上の対戦相手のほうは三ツ編の髪にベレー帽、だぶだぶのズボンで逃げ回っている。圧倒的に日本軍のほうが優勢に見えた。

大樹はまるで戦争映画の中に入り込んでしまったような錯覚に陥り、木の陰に隠れたまま、じっと様子を窺っていた。もしかしたら小吉もその辺りにまぎれているかもしれないと思ったのだ。

しかし前方に気を取られ、背後でガサガサと人の気配がしていることに全く気づかなかった。

「おいっ、静かにしろ！　そのまま立ち上がって両手を高く上げろ！」

突然ドスの効いた日本語が聞こえた。背中に銃口のようなものが突きつけられた。

大樹は驚いて恐る恐る立ち上がり、両手を高く上げながらそっと後を振り向いた。

無精髭を生やし、背は低いが目の鋭い日本兵がすぐ後ろにいかめしく立っていた。

「振り向くな！　そのまま答えろ、貴様は何者だ、敵国清国の者か？」

兵士は大樹の背に銃口を突きつけたまま、険しい目つきで見上げたまま言った。

「僕は日本人で里原大樹といいます。味方ですから安心してください。井戸田小吉という祖父を捜してここまで来てしまったんです。怪しい者ではありません。井戸田小吉を知りませんか？」

大樹が日本語で話したので兵士は安心したらしく、銃口を下げるとその場にどかっと座り込んだ。

「そうか、それなら手を降ろしてもいいぞ。どこから迷い込んできたか知らんが、変わった服装の日本人だな？　井戸田小吉などという兵士は同じ連隊にも、上官の中にも聞いたことがないぞ。陸軍ならここでなくほかの軍隊を捜したほうがいいだろう」

兵士はそう言いながら、座り込んだまま伸ばしている右足に手をやった。痛そうに手でさすり、顔を歪めた。負傷しているらしく包帯している足から血が滲み出ている。

「自分は足に敵の砲弾を受けて歩けなくなり、仕方なくここに避難したのだ。あとひと息で敵を全滅させられるときになって情ないことだが、必ず我が日本軍は清国に勝利するぞ」

大樹は黙って聞き入っていた。兵士は日本人の大樹には気を許したらしく、悔しそうに話を続けた。

「我が日本軍は大陸に進出する窓口として苦労して朝鮮の門戸を開いたのだ。それを清国の奴が邪魔をして乗り込んできたので、我が日本軍も黙っていられず戦争になったのだ。清国の領土まで踏み込んできて、後一歩で占領できるというときになって、自分は負傷し、ここで味方の救助を待つしかないのだ。悔しい限りだ」

大樹の目の前で兵士は地面を拳骨でたたきながら涙を流している。

大樹はその様子を見ながら、以前歴史の時間に学んだ、明治時代に富国強兵の煽りで日清戦争に狩り出された、若者の一人だと悟った。

自分がなぜここにいるのかわけが分からなかったが、小吉を追いかけている間にこの時代にタイムスリップしてきたらしかった。

話を聞いて彼も戦争の一犠牲者なのだと不憫に思った。ポケットを探って白いハンカチを取り出すと、右足の膝の上をしっかり止血してやった。それぐらいのことしか今の大樹にはしてやれることがなかったのだ。

「すまない。自分は最後まで日本国のために戦う所存ではあるが、貴様は見たところ兵士ではなさそうだ。ここでうろうろしていると、敵からだけでなく日本兵からも敵に間違えられて撃たれるぞ。ここから早く逃げろ」

兵士にそう急かされるまでもなく、大樹も長居は無用とその森から抜け出した。二、三十メートル離れた草の生い茂っている原っぱに向かって走り出したときだった。

耳の後ろでドカーン、と大砲の炸裂音が聞こえた。同時に大樹は四、五メートルは吹き飛ばされた。幸い怪我はなかったが、敵の砲弾がちょうど兵士の隠れていた辺りに落ちたのが分かった。後ろを振り向くと森の中の木々が激しく燃え上がっているのが見えた。兵士の安否が心配だったが、それどころではなく、大樹はそのとき吹き飛ばされた勢いで、そのまままた暗闇の中に突入してしまった。

どこかでまた小吉の声が聞こえた。大樹はそのまま小吉に導かれてどんどん走っていかねばならなかった。今さら他に方法はなかったのだ。

そのまま何時間空を蹴っていたか分からないが、しばらくするとどこかの海岸に出たらしく、潮の匂いと波の打ち寄せる音が聞こえてきた。そのうち、暗がりから少しずつ抜け出した。

目の前がすっかり明るくなり、太陽が海の水平線から顔を出した。やはり日の出の時間だった。

大樹の足元に広がっている海に太陽が赤々と姿を現し、波がキラキラ輝いて美しかった。海の上からゆっくり移動して海岸に着いた。岩壁の上から、自然に生えて茂っている、松の大木の下に無事に降りることができた。

ほっとして辺りを窺ってみた。そこは静かな海辺であったが、見るとちょうどすぐ下の砂浜伝いに二人の男が大樹に背を向けて歩いていくのが見えた。

服装などの様子から地元の漁師らしかった。

「親父、日本軍は中国の奉天でロシア軍と戦って圧勝したんだ。息子の孝夫も立派な手柄を立てたといって手紙を送ってきた」

「そうか、それはよかった。とにかく無事が何よりだ。日本の海軍も今からロシアのバルチック艦隊を攻撃に出航するところだ。東郷平八郎長官は必ずや日本を勝利に導いてくれるだろう」

白髪頭の七十代くらいと、その息子らしい五十代に見える男二人の会話が聞こえてきた。どうやらここは日本のどこかの海岸らしい。二人は時々近くの入江のほうを気にして指差している。

途中後ろからついてくる大樹には気づかずに話し込んで、そちらの方向に向かって歩き出した。

大樹は二人が歩いていく入江の近くまで行き、内側を覗き込んで驚いた。

そこには巨大な黒い潜水艦や戦艦が五、六十隻は集合している。入江の奥は海軍基地になっていて戦艦の溜まり場だったのだ。しばらく見ていると出航の合図とともに、一斉に黒煙を吐きながら、それらの戦艦は波を蹴り、勢いよく沖へ出ていった。

大樹は未だかつてこのような荘厳な光景は、昔はおろか最近の映画でさえも見たことはなく、驚きのあまり背中がぞくぞくした。

聞きしに勝る、日本海軍の偉大さに息を呑むばかりであった。

先ほどの父子の話からすると、これは日清戦争に続く日露戦争での出来事に違いないと思った。

しかし華々しい海軍の出航に比べて、基地から少し離れた岩場で見送っている村人も先ほどのあの父子も、皆沖に向かって悲痛な面持ちで合掌している。

大樹はそれを目の前にしても、自分が今同じ日本人でありながら、何もできないただの傍観者でいることがつらくて耐えられなくなった。最初に遭遇した日清戦争といい、大樹は自分が生まれるほんの少し前の時代、日本ばかりでなく世界中が戦争に明け暮れていたことは知っていた。ほとんどが領土の取り合いと権力争いなのだ。大樹の住んでいる現在の平和な時代は、このような残虐な戦争が礎となり、その犠牲者となった過去の日本人のお陰で存在しているのだろうか？　平和を勝ち得るためには戦争は必要不可欠な手段だったのだろうか？　そう考えても所詮ただの傍観者である大樹には問題が難し過ぎて、すぐにはその答えが見つからなかった。

「親父、先頭の戦艦は連合艦隊三笠だな？　無敵のバルチック艦隊を必ず撃沈してくれるだろうか？　海軍が負けてしまうと日本は制海権を失い、孝夫達大陸に残された陸軍は日本に帰れなくなる。ロシア軍に皆殺しにされてしまうぞ」

父親は息子にそう言われて、頭を低く垂れてぽとぽとと涙をこぼした。

「お国のためとはいえ、大切な孫だ。本当はわしが代わってやりたかった。十年前に日清戦争に勝利して喜んだのも束の間、今度はロシアに満洲占領を阻まれお互いの譲り合いの話もうまく解決できずに、結局また日露戦争の火蓋が切って落とされたんだ。

今や日本の軍隊はどこの国より強力であると世界中は認めている。しかしこんな小国の日本が本当に大陸を支配できるのだろうか？　これ以上戦えば次から次へと敵を作り、大国アメリカにまでも敵視されれば、日本の将来はない。それを心配してわしら無力な者の代わりに、権力者や地域の有力者が戦争をやめるように願い出ても、勢いづいた軍部には全く相手にされなかったそうだ。今となってはわしらにできることは、こうしてここで孝夫の無事を神様にでも祈るだけだ。なんの方法もないのだよ」

大樹は二人の後ろに回って、こっそりと話を聞いていたが、ますます気持ちが沈んで他人事とも思えず悔し涙が出てきた。

二人と話をして、ここが日本のどの辺りか、小吉じいちゃんを知らないか、と聞くつもりだったのだが、何か気の毒で話しかけるチャンスもない。仕方なく目の前の海軍基地の方向に向かってフラフラと歩き出した。
二、三分すると、後ろから石や砂利を踏んで走ってくる人の気配に気づいた。
振り向いてみると、やはり大樹と同年齢ぐらいの、紺色の帽子に白い水兵服の海軍兵の姿が見えた。もしかしたら小吉を知っているかもしれない。

大樹は思わず立ち止まってその海軍兵に向かって最敬礼した。

「お国のお勤め御苦労であります。自分は里原大樹であります。井戸田小吉をお見受けされたでしょうか？」

驚いて立ち止まった兵士は、自分と同年代の大樹の服装を珍しそうに見た。よそから来た士官だと思ったらしい。

「ハッ、里原大樹殿、御苦労であります。自分は海軍三等兵、山田利雄であります。近くの頂きより連合艦隊三笠の沖への無事出航を確認、本部に報告に戻るところであります。及ばずながら、自分はその上官に一面識だになく、お名前も存じません。ではにてこれにて失礼つかまつる」

兵士は大樹と同じ姿勢で最敬礼し、はきはきと礼儀正しい口調で答えると、慌てて海軍基地目指して走り去っていった。

大樹は水兵が見えなくなった後、そういえば小吉は陸軍に在籍していたといっていたことを思い出した。それなら、今出航していった艦隊の一員として出航することだけはないだろうと、少しほっとした。そのとき同時に、自分も日露戦争に関し、バルチック艦隊について、日本史の講義の時間に聞いていたことも思い出した。

日本史担当の稗田教授の講義はユニークで楽しく、学生達に人気があったのでよく覚えている。

「日本にとって日露戦争の勝敗の鍵は海軍が握っていたんだよ。

『皇国ノ興廃此ノ一戦ニ在リ、各員一層奮励努力セヨ』

これは東郷平八郎司令長官の有名な言葉だが、この発令こそが日本の軍命を決定したんですよ。日本海軍はこのように意を決してバルチック艦隊完全撃沈を目指し、バルチック艦隊の動向を先読みし、すんでのところで予想された津軽海峡航路ではなく対島沖にて待ち受けることができ、作戦どおり勝利を飾ることができたのです。対するロシア軍はというと、長期航海の予定で、艦隊の甲板には牛小屋を設けて食糧確保とし、石炭をマストまで積み上げた状態で出航したんだ。しかもひどい暑さと荒波のアフリカ航路を通り抜け、一万八千マイルも航海してやっと日本の沖ノ島まで辿り着いたんです。

ロジェストヴェンスキー提督は英才指揮官として有名だったが、東郷長官に比べ実戦経験には乏しく、気の毒なことに当時腎臓病を患っていたというんだよ。

さらに泣きっ面に蜂なことには、本国からの無線で、毎日毎日国内不安と日本陸軍連勝の知らせを受け、乗組員全員が心身ともに疲労困憊して、まともに戦える状態ではなかったという話だよ。これは当然戦争の後になってから分かったことなのだが、これもそんなお国柄であるロシアのバルチック艦隊の悪状況も日本海軍に運よく勝利をもたらしてくれたのです」

このような講義の内容から、大樹は日露戦争での結果はもう既に知ってはいたのである。しかしそれも今では遠い昔の忘れ去られた談話の一つになりつつあり、被害を受けた当時の日本人の本当の苦労は、今、現実をここで垣間見た自分はともかく、現代の若者に真実に理解されるのは難しいだろう。しかしここで感傷的になっていても小吉がここにいない以上、自分もいつまでもぐずぐずしている余裕はなかった。

周囲をよく見渡すと海岸の前方に先ほどの水兵が降りてきたらしい小高い山が見えた。

（あの山の頂上から見れば小吉じいちゃんの行き先が分かるかもしれない。かなり遠方まで見渡せるはずだ）

そう思って近づいていき、登り口を見つけると勢いよく駆け上がった。

体はやはり宇宙飛行士のように軽くそのまま一気に頂上まで登ることができた。山頂には背の低い雑木が茂っていたが、その隙間から下を見下ろしてみた。するとそこには、大樹が実際には見たこともない田舎の藁《わら》葺き屋根の村の風景が広がっていた。

振り向いてみると反対側には先ほどの水兵が言っていたとおり、広大な海原が遠くまで見渡せた。

そのうち大樹はさすがに心細くなってきた。夢なら早く覚めてほしいと願った。

このまま自分の家に帰れなくなったらどうするんだと思うとたまらなくなり、大声を出して小吉の名を呼んだ。

「オーイ、オーイ、小吉じいちゃーん！　どこにいるんだー！」

こだまが返ってきた。辺りはしいんと静まり返ったままだ。

「オーイ、どこにいるんだー！」

やけくそになって何度も叫ぶうちにやっと返事が返ってきた。

「オーイ、ここにいるぞー、こっちだーっ」

目の前の里の向こうから、待ち兼ねていた小吉の声が響いてきたのだ。

大樹はその声を聞くと、まるで親鳥にはぐれたひなのように小躍りした。その方向に力強く岩を蹴った。

空中に浮かぶとそのまままた暗闇の中へ突入した。

どこを走っているかは分からなかったが、そのときはまるで日本列島を縦断して走っている感覚に陥った。

（小吉じいちゃんはもしかしたら今自分がどこを走っているのか知っているに違いない。

いくら戦争話が好きだといっても何の目的で自分がこんな目に遭わされるんだ？）

大樹は小吉が少し憎らしくなってきた。半ば腹を立てながら走っていると、今度は運よく、割と早くに日の差す明るい場所に出た。

太陽が空高く昇っている。位置から見ると午後の時間帯らしかった。足元にはどこかの立派な神社の屋根と鳥居が見えた。

写真か雑誌で見たことのある有名な神社だと思われた。境内には何やらたくさんの人だかりがしている。

大樹は神社の裏の杉林の中に足場を探してゆっくり降り立った。

神社の裏手は静かで誰一人姿が見えない。大樹は古い社を下から見上げながら、そのまぐるりとまわって表側に出た。すると今まで静まり返っていた境内に急に大きな号令が響き渡ったのだ。黒い軍服姿の兵隊の整列が突然、目の前で動き出した。

「前方左へー、そのまま前進！　一、二、一、二！　回れ右！」

大樹の面前で、上官の命令に従い、百人ほどの軍隊の行進が始まった。周りでそれを取り囲んでいるのは老人や婦女子ばかりだ。小さな日の丸の旗を振っている。

大樹はまたもや戦争中の日本に遭遇させられたのだ。

境内で行進している兵隊は百数十名以上はいるだろうか？　皆大樹と同世代の若者で、木の銃を肩に担いで勇ましく行進している。

周りを取り囲んでいる人込みは、ほとんどがモンペ姿の女性と、男は老人ばかりで、見るからに粗末な身なりをしていた。

またもや戦争が始まるのだと分かり、大樹はため息をついた。なぜか自分は過去の戦争から戦争へと旅をしていることにやっと気づいた。大学で学んだ歴史の糸をまた手操ってみると、この目の前の光景は太平洋戦争中の学徒動員で、徴兵された大学生達の行進だと分かった。

大樹達は今、のんびりと大学生活を楽しんでいられるが、その当時は、戦争が激化するにつれ、大学生も途中で退学させられ、戦争に召集されたのだ。その中には自ら進んで特攻隊に志願した者もいたのだそうだ。井戸田小吉もその一人だったらしい。

小吉がそんな当時の思い出を数週間前、半ば自慢気に、大樹やゆり江に話していた様子が今になってはっきり目に浮かんできた。

「日本は日露戦争にも無事勝利を収め、満州を占領できたんじゃが、ところが今度はアメリカが満州に目をつけ介入してきたんじゃ。同時に中国人達も日本を嫌い、追い出しにかかっとった。それらに手を焼いた日本陸軍は、無謀な策略で満州事変を起こし、無理矢理満州を手中に収めたんじゃ。しかしその後の国際連盟の判定では、日本は満州の略奪国とされ、アメリカからも睨まれる結果になってしまった。

いちばん悔まれるのはそのときの軍部の対応なんじゃよ。もし日本が介入してきたアメリカと、満州の権利を仲よく分かち合っていたのなら、事情はどうあれ、アメリカに原爆を落とされることはなかったんじゃよ。残念なことにその後も陸軍は独断的に満州での権利を主張するために、清朝最後の皇帝である溥儀を、日本軍が勝手に作り上げた満州国の皇帝に即位させたんじゃ。それは満州を強引に日本の統治下に入れてしまう目的のためだったんじゃよ。軍部も切迫していて後先も考えていられなかったんじゃろう。その日本の一連のエゴイズムといわれる行動をアメリカが黙って見ているはずはなかったんじゃ。しかし向こう見ずにも、そのアメリカに対抗するために、ドイツ、イタリアと組んで三国同盟を結んだんじゃが、それでもイギリスやアメリカとは力の大差があり過ぎたんじゃよ。

悪いことに当時ポーランドに侵入して第一次世界大戦を引き起こしたドイツのヒトラーを高く評価し、それを真似ていた傾向もあり、陸軍の独走は止むこともなかったんじゃ。日本を満州から追い出したいと考える中国との戦いはそれ以後も延々と続き、アメリカもそんな日本に腹を立て、そのうち日本軍に供給していた燃料の石油を止めてしまったんじゃ」

小吉先生の独特の戦争講義はこんなふうにまだまだ続くのである。ただの老人のはずが戦争に対する知識だけには大樹も感心している。その貫禄振りはそこらの大学教授以上である。大樹には特に熱心に講義をぶちまける。

「今さらアメリカの肩を持つのもどうかと思うが、日露戦争時にも側面から協力してくれたり、江戸時代にアメリカと結んだ日本にとって不利な日米修好通商条約も前後して廃棄してくれたんじゃ。くどいようじゃが、アメリカが満州の鉄道の共同権利や門戸解放を申し入れたとき、日本軍がそれを受け入れていれば、そのとき、日本にとってもすべてが丸く収まっていたかもしれん。なのに執拗にそのアメリカに逆らったのだ。ハワイやフィリピン諸島をアメリカが領土化していたにもかかわらず、その南洋諸島にまで攻め入ろうと計画したのだから、無鉄砲としか言いようがなかったんじゃ。

そんな中、日本国では、長期化する戦争の支援を強いられ、全土で栄養失調状態に陥っていた。しかしそんなことをよそに、軍部からの度重なる要求で、近衛文麿首相が軍部への石油を供給してもらう目的で、アメリカと友好関係を結ぼうとした。しかしアメリカはその前に中国撤退を要求し、うんと言わない。鶏が先か卵が先かの水掛け論が続いている間に、その近衛首相を盾にして策略を練っていた軍部は、ぎりぎり残った燃料を使って、事もあろうに燃料を供給してくれないアメリカを責め滅ぼす作戦を考えたのだ。そうなってくると、正義も糞もない、困窮した軍部は卑怯な戦争の鬼と化していたんじゃよ。もう既に人間らしい心はなくしていたんじゃ。

そんな状態で、ますます戦争は激化し、真っ向から挑んでも負けることが分かっていたアメリカに対し、軍部は戦線布告する前に、真珠湾攻撃を仕掛けたのだ。油断しているアメリカを騙し討ちしたと言われ、これが太平洋戦争の始まりとなったのじゃ。

あらゆる手段を使ってアメリカに勝つことを考えた軍部は、爆弾を積んだ二人乗りの小型潜水艦を、アメリカ海軍が停泊中の港に送り込んだり、片道だけの燃料を積んだ特攻機を敵の基地に向かって飛ばしたりしたのだ。

わしらも軍部に操られて、自分から特攻隊に志願することが名誉なことであると洗脳された。南洋諸島に上陸した兵隊達も、手榴弾を持たされて、前途ある若者一人ひとりが、恐ろしいことに最後には人間ではなく武器の一つとして扱われたのだ。

どうだ、戦争は恐ろしいじゃろ？　わしが現世に生きて帰れたことが夢のまた夢であるという意味が少しは分かっただろう？　アッハッハ」

こんな具合に小吉の戦争話は長々と果てしなく続く。

「アメリカ軍も真珠湾攻撃で打撃は受けたがすぐに持ち直し、日本軍に降伏を呼びかけた。しかし日本軍は全土の国民を犠牲にし、強大さを誇示し過ぎていた手前、ばつが悪くて負けを認めるわけにもいかず、責任を他になすりつけながらくずぐずしていた。軍部の卓越した負けじ魂が、こうなってくるとかえって悪い結果となった。

アメリカはさらに日本軍に降伏を促すために本土に戦闘機やＢ29を飛ばした。これが東京空襲なのだよ。しかし、それでも日本軍は沈黙のまま返事をしない。

その後、日本軍の返事を促すために、米、英、ソの中心となるポツダム会談による降伏宣言の呼びかけがあったが、それでも頑固に返事を渋っていた。まさかそのために原爆投下という日本国中を最悪な結果に導くことになるとは夢にも思っていなかったのだろう。しかしその結果、ついに広島に原爆が落とされ、歴史上見るも無惨な、未だかつてない悲惨極まりない最悪状況が日本全土に展開されたのだ。恐ろしいことに、当時の被爆者だけでなく、その二世、三世までも影響を受け、その症状の爪痕はそれほど知られていないが未だに残留しているのだ。

　このような最悪の結果を招いたのは日本軍部の失態であったが、アメリカだって怒りに狂い、最も非人間的な、目には目を、で原爆を使うという行為に走ってしまったのだ。どちらの軍隊も人間ではなく人間の皮を被った恐ろしく獰猛な化け物に変身してしまったのだ。

　戦争はそんなふうに人を狂わせる。そんな戦争の恐さをわしらは嫌と言うほど見せつけられ体験したのだよ。

　原爆投下の後、追い討ちをかけるようにソ連が満州国を攻撃し、日本軍は全滅、満州国は跡形もなく消滅したのだ。それ以前に焼け野原となっていた日本列島に満洲移民が続々と帰国してきた。そんな状況下の全土の生活苦、食料不足、どれほど悲惨だったか、わしらはそんな中で必死に生きてきたが、大樹達日本の未来を背負う現代の若者には決して経験させたくない恥辱だよ。何度も言うが、そのためにはこちら側からだけでなく、たとえどんな相手から仕掛けられても二度と戦争をしないことだよ。

　最後にドイツ、イタリア、日本の三国同盟はアメリカ、イギリス、フランス、ソ連の列強連盟国に惨敗し、第二次世界大戦も終決を迎えることになった。これにてやっと一連の恐ろしい戦争にピリオドが打たれたのだ」

　小吉の話はそこで一応終わるのだが、実は大樹は今まで一度も真面目に耳を傾けたことはなかった。自分達とは無関係な単なる昔話だと思っていたからだ。しかし今、自分は当時の真実の戦争の姿を目の前にまざまざと見て実際に直面してしまったのだ。自分がもしそんな戦争の時代に生きていたら、どれほど不幸なことだっただろうと、すべてが身に迫ってきて身震いがした。

そんな思いの中で、もう一度目の前を行進して行く軍隊に目をやった。すると、そのときちょうど一人の女学生が偶然目の前を遮って通り過ぎた。

日の丸の旗をしきりに振りながら、軍隊の中に誰か知人を探しているようだ。紫色の袴に矢絣の着物姿だったが、その女学生がこちらをちらっと振り向いたとき、大樹はどきりとした。

黒髪を後ろに束ねていたが、清々しい目元と頬のふっくらした感じがゆり江に似ている。しかしゆり江ではなく、十年前に亡くなった若い日の春子ばあちゃんその人ではないかと気づいたのだ。

大樹は女学生の後を見失わないように追いかけながらその視線の先に目をやった。そして目の焦点が定まり、女学生が涙に濡れた両目を大きく見開いたとき、大樹はその先に注目して、思わず叫び声を上げそうになった。

行進して通り過ぎていく軍隊の中にちらりと小吉の姿を垣間見たのだ。それは八十九歳の老人ではなかった。今日ホームを飛び出したときに着ていた、黒の軍服姿の、大樹と同じ二十一歳の若くて元気な小吉だったのだ。しかも大樹によく似ている。

小吉は銃を肩に担ぎ、行進しながらこちらに向かって一瞬だけ笑いかけた。大樹にではなく春子ばあちゃんにだった。春子ばあちゃんはそれに応えるように必死で日の丸を振っている。

大樹はその場の光景に思わず目を見張った。過去の戦争巡りの旅であったが、ここまで来て、思いがけず若き日の小吉と春子ばあちゃんに遭遇するとは思ってもみなかった。驚いているうちに、やがて小吉の軍隊は砂煙を上げると、境内の外へと行進していった。次第に姿が小さくなって見えなくなっていく。大樹はそれを見て思わず行進の後を追って走り出した。

（じいちゃん、戦争はもうこりごりだ。行くんじゃない、駄目だ、戻ってこい！）

そう心で叫びながら。大樹には分かっていた。小吉は太平洋戦争から無事に帰ってくることを。今、目の前で起こっていることは全部夢だと思った。しかしそう分かっていても、なぜだかこのときになって初めて小吉はこのまま永久に帰ってこない予感がしたのだ。だから今、どうしても引きとめておきたかったのだ。

小吉の声はもう聞こえなかったが、大樹は今度は軍隊の中の若い小吉を追いかけてどんどん走り出した。今までのように体を浮かせて走ればなんなく追いつくはずだったのだ。

しかしそのとき、

（あれっ、どうしたんだろう？　体が今までのように浮かない）

途中で足が重くなり、体が石のように硬くなった。

必死にもがき、やっとのことで足を一歩踏み出してみると、靴の爪先に何か当たってよろけそうになった。今までと少し違う気がして足元をよく見てみた。

驚いたことに大樹はいつの間にか老人ホームの中に立っていた。小吉の部屋のドアの前に突っ立っていたのである。狐につままれた気分で、ふと袖口をまくって時計の時間を確かめてみた。午後九時四十分だった。大樹が老人ホームに着いた九時三十分から十分過ぎているだけである。

（十分間ここに立ったまま夢を見ていたのだろうか？　まさかそんな馬鹿な……）

大樹は信じられない気分でそのまま部屋の中に入って小吉のベッドを覗いてみた。

小吉は軍服ではなく、いつもの老人ホーム規定のパジャマを着てぐっすり寝込んでいた。窓からの月明かりに照らされて寝顔は安らかで穏やかだった。少し笑っているようにも見え、風邪をひいて苦しんでいるようにはどうしても見えなかった。

大樹は小吉を起こさないように、そのまま部屋を出ようとしたが、そのとき部屋の隅に置いてある小机の上を見てあっと驚いた。

小吉が部屋を出るとき身につけていた、軍隊の中で行進していたときの、あの黒の軍服が無造作に畳んで置いてあったのだ。大樹は不思議に思ってその軍服に恐る恐る近づき少しだけ触れてみた。

すると何か少し生温かいのだ。やはり少し前まで小吉はこれを着ていたのだろうか？それとも部屋の暖房のせいなのか？

大樹はその場の状況が全く呑み込めず、混乱し、疲労困憊した頭を抱え、ふらふらしながら部屋を出た。

どうやって帰ったか分からないが、夜行列車からバスに乗り継いで、やっとのことで家に辿り着いた。途中寒さに震えながら、ふと夜空を見上げると通常と変わらぬ満天の星が何事もなかったかのように輝いている。しかしいつになくきらきらと大樹の心に語りかけ、癒してくれているようだった。

そんな恐ろしい出来事があってからは、大樹はしばらくあすなろ園へは行かなかった。ゆり江に会いたい気持ちはあったが、あの夜の奇妙な戦争体験だけはもうこりごりだったからだ。

しかしそれから数日が過ぎたときだった。気がつくと携帯に思ってもみなかったゆり江からメールが入っていた。午後の講義を終えて大学からアルバイト先に向かう途中、電車の中だった。

「光一さんや里原さんのお宅にも電話を入れましたが、どちらもお留守でしたので以前聞いていた大樹さんの携帯にメールさせていただきます。小吉さんがここ二、三日、私を亡くなった奥さんと間違えたり、『大樹は無事戦争から戻ったか？』などと少しおかしいことを口走るようになり、一時治まっていた微熱が少し出てきているので心配です。明日一度覗いていただけませんか？　よろしくお願いします。ゆり江」

大樹は小吉の容態も心配ではあったが、それ以上にゆり江が自分の携帯に初めてメールをくれたことが飛び上がるくらいうれしかった。

ゆり江にしたら、認知症の老人介護には慣れているから、小吉に何か異常を感じてのことだったのだろう。大樹に用事があったわけではない。

「いつも祖父がお世話になりありがとうございます。明日の午後には必ず行きますのでよろしくお願いします」

大樹もゆり江に、そう簡単なメールを打った。いくらうれしくても、まさかこんなときついでにデートに誘うわけにもいかなかったのである。

しかし、大樹がさらに気をよくしたことは、その日は月末の給料日で、塾でのアルバイト料が入ったことである。

早速明日になったらお世話になっているゆり江に何かプレゼントでも買っていこうと、弾む気持ちばかりが先走り小吉の容態がそれほど悪いとは思ってもいなかった。

ところがその翌朝になり、大樹が下のキッチンへ通常の時間に降りていったときのことだった。

朝御飯は既にテーブルの上に用意されていたが、本来ならまだキッチンでごそごそしているはずの安代が、早々と化粧をして出かける支度をしているのだ。

「昨夜遅くホームから電話があって、小吉じいちゃんの意識が時々ぼんやりしてきてうわ言を言ったりしているらしいの。少し熱もあるので見にきてほしいと連絡があったのよ。まだ命に別状はなさそうだけど、食欲もないというので、好きな果物でも持って今から行ってくるわね。何かあれば大樹にも電話するから大丈夫よ」

安代はそう言いながら、それでも少し心配そうにそわそわしていて、大樹を見送った後ですぐ出かけると言っていた。

大樹は大学へは向かったが、昨日小吉の容態についてゆり江からもメールをもらっていたので、何か気持ちが動揺して講義に身が入らない。

落ち着かぬうち、昼の休憩時間になってから、携帯に安代からメールが入ってきた。

「連絡遅れてゴメン、小吉じいちゃんは朝からそのまま意識が戻らず、医者は今夜が峠だというので、できればアルバイトのほうは休んで、至急あすなろ園に来てください。安代」

大樹は実はホームに行く前にゆり江に何かプレゼントを買っていこうと思っていたがそれどころではなかった。

午後の講義が終わった後、塾に電話を入れると、場合が場合だけに特別に休みがとれた。その後、とにかく急いでホームに向かった。

急ぎ足でホームに着いてから玄関の入り口で無事受付を済ませた。係員は、あの夜の奇妙なことは何も知らない様子だった。

「おじいちゃん大変ですね。元気になられるといいですが」

などと心配そうに声をかけてくれた。

大樹は神妙な面持ちであの夜と同じように階段を駆け上がり同じように二〇三号室のドアの前に立った。

ノックをしてドアを開けようとしたときだった。中から急にドアが開き、外に出てきたゆり江と鉢合わせしてしまった。

ゆり江は大樹を見て軽く会釈した。目を涙で潤ませている泣き顔を見てはっとした。どういう縁なのか、やはりあのときの春子ばあちゃんにそっくりだと思った。

（ゆり江さん、祖父がいろいろお世話になり、ありがとう。実は少しお話したいことが）

などと口から出そうな言葉をぐっと呑み込んだ。せっかくのチャンスだったが、こんなときにデートの誘いなどあまりに不謹慎だった。

「大樹さん、間に合ってよかったわ。私も心配で付き添っていたんたけど、うわ言で大樹さんの名前をずっと呼んでいたのよ。早く顔を見せてあげて」

そう言われて大樹が部屋の中に入ると、父の実や母の安代をはじめ、小吉の家族全員が揃っていた。神妙な顔をして小吉を見守っている。

大樹は酸素マスクを付けて目を閉じている小吉のそばに行き、そっと手をとってやった。

「じいちゃん、僕だよ。分かる？　元気になってまた戦争の話、してくれよな」

小吉はうっすらと目を開け、大樹に笑いかけてきた。

「大樹、戻ったか？　戦争の話はもう終わりだ」

満足そうな笑顔でそう言ったように聞こえた。

しかしそれを最後に小吉の意識は遠のき、そのまま皆の見守る中でついに帰らぬ人となった。

からくも誕生日を三日過ぎた九十歳の大往生であった。

その後安代や姉達は人目も憚らず大泣きしていたが、大樹にはあの戦争巡りの夜以来、もうこの日は予想できていた。

先日見た夢の中の、神社の境内から行進して去っていった小吉、あのときの若い小吉は、自分にその時代でいちばんカッコいい最後の別れを告げたのだ。大樹は遅かれ早かれこの日の来る覚悟は既にしていたのである。

こうしてあの夜の不思議な戦争巡りの旅が大樹にとって小吉との最後の思い出となった。


それから一年が過ぎた。だが、その一年間は何かとバタバタと慌ただしかった。

大樹はその間に大学を卒業し、社会人になっていた。

「大樹、お母さんはゆり江さんと二人でお墓に供えるお花を買ってくるから、お父さんとお寺へ行く準備をしておいてね」

今日は小吉の命日であった。一周忌法要が近くの寺で営まれることになっていた。

大樹は、就活の努力が実って地元の一流企業に勤務していたので、今はピカピカの一年生新入社員である。

一年前まであすなろ園で小吉の世話をしてくれていたゆり江とは、これも大樹の努力が実り、小吉のお陰もあったが、ゆり江が卒業する四月には晴れてめでたく結婚することになっていた。ゆり江が三月に福祉大学を卒業後、式を挙げる計画であったが、その前にあらかじめ今日の予定を知っていて、自分から進んで手伝いにきてくれた。二人の縁ももとはといえば小吉が引き合わせてくれたからであり、寺での法要の後、二人は小吉の墓に線香を立てて、感謝の気持ちで祈った。

「ゆり江ちゃん、今日はわざわざ手伝いに来てくれてありがとう。ところで、今になって、小吉じいちゃんのことで思い出したことがあるんだけど訊いてもいいかな？」

大樹の言葉にゆり江は少し小首を傾げるようにして微笑んだ。

「小吉じいちゃんが亡くなる前に、部屋の隅に黒い軍服があるのを見なかった？　その軍服をじいちゃんが着ているのを見たことがある？」

ゆり江は、ああ、そんなこと？　という顔をして頷いた。

「その軍服なら、亡くなる十日前に光一叔父さんが、頼まれて家から持ってきて置いていったのよ。小吉さんはそれを思い出の品だといって、懐かしそうに袖を通したりはしていたわね。『わしの亡き後、これは近くの郷土資料館にでも寄付してくれ、その前に冥土の土産として大樹と一緒に旅をしたい。これを着て元気に行進していたいちばん若くて元気でカッコいいわしを、一度だけ大樹に見せたいものじゃ』などと言うので、この寒い時期に旅なんて、と私は冗談だと思って笑っていたわ。

でもそのすぐ後になって『昨夜大樹が部屋に来てくれて一緒に旅をしたぞ。若い頃のばあさんにも会えたぞ。ゆり江さんにそっくりで美人だったぞ。ワッハッハ。もうこれで思い残すことは何もない』なんてうれしそうに笑っていたわ。風邪も治って元気になっていたのよ。長年の夢が叶ったかのようでとても楽しそうだったわ。でもそれも束の間、それを境に急にまた熱が少しずつ高くなって、うわ言を言うようになって、その後亡くなってしまったのよね。

……私は、小吉おじいちゃんは最後に御家族の皆さんに見送られて幸せに天国へ行かれたと思うわ。私もそのときまでにいろいろと思いやりにあふれた大樹さんの御家族に接し、大樹さんの小吉さんを心配する温かい心にも感動したの。それで、その後大樹さんとのお付き合いをお受けすることにしたのよ。あっ、そうそう、小吉さんの軍服はその後遺言どおり、叔父さんが郷土資料館に寄付したのよ」

大樹はゆり江の話を聞いて、思い当たることがあった。小吉はあのとき、もう自分の死期を悟っていたに違いない。最後の命のエネルギーを使い、自分の戦争の記憶の中へ大樹を連れ出したのだ。戦争を巡る旅へ。既にそのときから小吉の魂はこの世のものではなく、この現世から浮遊していたのかもしれない。

大樹の知る小吉は、昔から頑固で、けじめをきちんとつけないと気の済まぬ性格であった。何度も戦争の恐ろしさを説き、二度と戦争はするなと口うるさく大樹に説教していた小吉だ。人生の最後を締めくくるメッセージとして戦争の本当の姿を自分に見せたかったのではないか？　と、今になってやっと少し謎が解けた気がする。

数少なくなった戦争経験者の生き残りの一人として、最後に「戦争がいかに恐ろしいかを忘れるな！」とせめて孫の大樹にだけでも、警告の駄目押しをしたかったに違いないと思った。

　今頃になって、中学生時代、母がよく言っていた言葉を思い出した。

「大樹という名は小吉じいちゃんが付けたのよ。大は小を兼ねる。これからの新しい時代にじいちゃんなどよりずっと大きく立派に育ってくれ、この平和な世の中にさらに根を張り葉を広げ、大きな平和の樹となり、見事な花を咲かせてくれ。そう言って大樹に未来を託したのよ。何事も大胆で大っぴらなじいちゃんらしいわね」

　その言葉を思い出したとき、肉親の情とともに、小吉がいかに孫の自分に期待し、楽しみに、愛情深く見守ってくれていたかを改めて感じた。小学生の頃はよく、おじいちゃんっ子、などと姉達にもからかわれたものだった。

「大樹、お墓の前で、なにぼーっと突っ立っているの？　せっかくだから小吉じいちゃんにゆり江さんとの結婚報告でもしたらどうなの？　じいちゃんきっと喜ぶわよ」

　二人の姉達が後ろでくすくす笑っている。

「ほうっ、墓前結婚式もなかなかいいぞ！　お義父さん、家族はみんな元気で頑張っているよ。安心して成仏してください」

　などと父の実も横からうれしそうに口を挟んだ。

　その後久し振りに普段ばらばらの家族や親せきが一堂に揃い、豊田市の食事処で、小吉の思い出話に花が咲いた。こうして和気藹々の中、小吉の一周忌は無事終了したのである。

午後には皆それぞれが帰宅したので、いったん家に戻った後、大樹はゆり江を誘って外へ出てみた。

まだ真冬ではあったが伊賀川の提防沿いの道は日差しが暖かく、風もなく静かであった。そして空を覆っている桜の木はよく見ると、意外にももうただの枯れ木ではなかった。小枝は少しピンク色に染まっていて、固い蕾がちょっとだけ膨らんで生きているのが分かった。

「去年は慌ただしくて、みんなでゆっくりお花見はできなかったけれど、一周忌も無事終わって、今年は家族一緒に桜を見られるわね」

ゆり江が笑顔で大樹に寄り添ってきた。

確かに今年もこの伊賀川の桜は去年以上に見事に咲くだろう。しかしこのお花見を楽しみにしていた小吉とはもう二度と一緒に見ることはないのだと思うと、大樹は少し淋しくなった。天国の小吉に改めて呼びかけた。

(じいちゃんのメッセージは胸に刻み、忘れず世の中に広く伝えるよう心がけるよ。安心してください)

隣に並んで歩いているゆり江が大樹の顔を覗き込んだ。

「大丈夫よ、あの小吉さんのことだから、きっとじっとしていられなくて天国から降りてくるわよ。私達を驚かせようと、目の前で満開の桜の花をわざとふわっと枝から吹き飛ばして喜んだりするわ」

ゆり江は淋しそうな大樹の気持ちを察してか、元気づけようとわざとおどけた顔をしてみせた。それに応えるように大樹の表情も緩み、頷いて明るく笑った。二人にとっては久し振りののんびりした幸せな時間となった。

四月、伊賀川の桜が満開に咲く時期に、大樹とゆり江の結婚式も執り行われる。二人の未来も桜の花のように輝かしく美しく花開くことだろう。しかしそのためにはその何倍もの陰の努力が必要なのだ。じっと耐え続けるこの桜の大木のように。

社会人となった大樹も、目に見えない戦いが既に始まっている。複雑な人間関係、予想できない現実の壁、生き残りを懸ける邪心に弱気になればうっかり刺し殺されることもあるのだ。うかうかしてはいられない。

大樹は小吉のメッセージを大切な教訓として胸に刻み、その上でさらなる現実の社会戦争に立ち向かわねばならないだろう。結局大なり小なり形は様々でも勝利を勝ち取り生きていかねばならない世の宿命の厳しさは、今昔永却普遍なのだ。

しかし大樹には力強い味方がいる。小吉譲りの力強い勇気と負けじ魂、手を携えともに歩いてくれる、偶然とはいえ春子ばあちゃん似のゆり江。

そしてこのまま小吉のいる天国にまでも続き、歩いて届きそうな並木道。

この桜花の道が、心を弾ませ時には癒し、生命力を明るく再生してくれることだろう。

—完—

著者プロフィール

**岬　陽子**（みさき　ようこ）

愛知県豊田市出身、在住。
「岬りり加」の名で歌手、作詞活動をしている。
父は豊田市在住の童話作家、牧野薫。

**孤高の扉／終戦までの真実**

2014年７月15日　初版第１刷発行

著　者　岬 陽子
発行者　瓜谷 綱延
発行所　株式会社文芸社
〒160-0022　東京都新宿区新宿１－10－１
電話　03-5369-3060（編集）
03-5369-2299（販売）

印刷所　株式会社平河工業社


ISBN978-4-286-15221-9